Mélanie Papineau

Noël 1988

FRANCINE PASCAL

Jeu de snobs

*Traduit de l'américain par
Anne Dautun*

 **Sun Valley**

HAUTE TENSION

 **Sun Valley**

Connaissez-vous, dans la série SUN VALLEY, les premiers romans d'Elizabeth et Jessica ?

1. Sœurs rivales
2. La preuve cachée
3. Ne m'approche pas
4. Tu le paieras
5. Une nuit d'attente
6. Ne joue pas à ça
7. L'intrigante
8. C'est plus fort que toi
9. Tu ne changeras jamais
10. Ne la croyez pas
11. C'était trop beau
12. Ne lui dis rien
13. Quel égoïsme !
14. Double jeu
15. Ne me trompe pas
16. Jeu de snobs

Demandez à votre libraire les titres que vous n'avez pas encore lus.

L'édition originale de ce roman
a paru en langue anglaise chez Bantam Books, Inc., New York,
dans la collection SWEET VALLEY HIGH, T.M.,
sous le titre :

RAGS TO RICHES

« *A*lors, quel effet ça fait de se retrouver fils de millionnaire du soir au lendemain ? » demanda Olivia Davidson à Roger Barrett.

Ils déjeunaient ensemble dans la cafétéria bondée de Sun Valley. L'un et l'autre ne prêtaient guère attention à la nourriture, cependant. Olivia ramena en arrière ses cheveux bruns et bouclés pour se dégager le visage, sans pour autant quitter Roger du regard. Petite et jolie, elle tenait la rubrique artistique de *L'Oracle*, le journal du lycée. Sa tenue vestimentaire était résolument de style « gitane », au contraire de la plupart de ses camarades. Elle portait ce jour-là, sur une jupe à franges, un chandail géant en coton ceinturé d'un foulard indien.

« Incroyable, dit Roger en secouant la tête. C'est la première fois qu'on se retrouve ensemble depuis que c'est arrivé. Je n'ai pas eu une minute à moi de toute la semaine !

— Je sais », dit Olivia. Elle mit la main sur le bras

de son ami, lui adressa un regard chargé de sympathie.

Elle ne parvenait pas encore à assimiler les événements survenus un peu plus d'une semaine auparavant. Mme Barrett était décédée d'une crise cardiaque. Henry Wilson Patman, l'un des hommes les plus riches de Sun Valley, avait alors révélé la véritable identité de Roger. Ce dernier venait de faire le jour même sa rentrée en classe.

« Tout ça est tellement bizarre, dit Roger à Olivia. D'abord je suis Roger Barrett, un zéro sorti d'une famille minable. Ma mère tombe gravement malade et M. Patman, euh, l'oncle Henry je veux dire, l'envoie se faire opérer à Houston. Et puis elle meurt. Et d'un coup, l'enterrement fini, un tas d'hommes de loi me tombent sur le paletot pour m'apprendre qu'en fait je ne suis pas Roger Barrett, mais le fils de Paul Patman. » Il regarda le hot-dog toujours intact sur son plateau-déjeuner et secoua la tête. « Livia, je ne sais plus où j'en suis », confia-t-il.

Olivia pressa plus fort le bras de Roger, en silence. Elle était aussi ahurie que lui par les événements de la semaine écoulée. Leur relation ne datait pas d'hier : Olivia avait soutenu Roger à l'époque où tout le monde le raillait parce qu'on avait découvert qu'il travaillait comme portier après les cours, pour aider sa mère à payer le loyer. Les deux amis en étaient venus à s'aimer. « *Oui, mais aimer Roger, c'est comme faire des montagnes russes,* songeait en cet instant Olivia. *Au début, j'ai dû l'aider à admettre que sa pauvreté n'avait aucune importance, que son passé familial ne comptait pas pour moi. Et maintenant, le voilà millionnaire et installé chez les Patman.* »

6

Olivia s'avisait aussi que Roger avait changé d'apparence. Il portait maintenant des verres de contact, non des lunettes, et un beau pantalon de velours avait remplacé son vieux jean râpé. Olivia était incapable de concevoir ce qu'il avait pu ressentir en quittant le minuscule appartement où il vivait auparavant pour emménager dans l'immense demeure des Patman. Par contre, elle imaginait très bien à quel point il devait se sentir seul, désormais, ainsi coupé de tout ce qui lui était familier.

« Je tiens à te dire que je suis là si tu as besoin de moi », murmura-t-elle.

Roger sourit et Olivia se sentit mieux. « *Au moins, il n'a pas changé*, se dit-elle. *Les Patman sont peut-être des snobs infects, mais ils ne peuvent pas le transformer. Personne ne le peut.* »

« Roger, tu accepterais de me raconter l'histoire de ta mère et... et de Paul Patman ? demanda-t-elle avec hésitation. Tout ce que je sais, c'est ce que tu m'as dit le jour de sa mort. Depuis, il a couru tellement de rumeurs que je ne démêle plus le vrai du faux.

— Eh bien, d'après mon oncle, voilà comment ça s'est passé. En arrivant à Sun Valley, ma mère avait trouvé du boulot dans les entreprises Patman. C'était avant que l'oncle Henry fonde une famille. En ce temps-là, il vivait avec son frère aîné, Paul, qui avait épousé une bonne femme que personne ne pouvait encadrer. A ce que j'ai compris, ma mère est tombée amoureuse de Paul Patman, ils se sont mis à se voir de plus en plus souvent et... » Roger s'interrompit, très gêné.

« Je comprends, dit doucement Olivia.

— Bref, ma mère est partie quelque temps au loin,

lorsqu'elle a su qu'elle était enceinte. Pendant son absence, Paul a essayé de divorcer de son horrible bonne femme. Il voulait épouser ma mère. Mais personne n'en a jamais rien su parce qu'il est mort dans un accident d'avion au cours d'un voyage d'affaires, en se rendant à Mexico.

— Ta pauvre maman ! murmura Olivia.

— Elle ne m'a jamais rien dit, déclara Roger. Personne d'autre non plus, d'ailleurs. Oncle Henry raconte qu'il a voulu lui donner de l'argent, au début, mais qu'elle a refusé. Le truc qu'elle ignorait, c'est que Paul Patman — mon père — m'avait laissé tous ses biens. Il avait introduit une clause spéciale dans son testament, qui stipulait que je ne devais rien savoir jusqu'à l'âge de vingt et un ans, sauf si quelque chose arrivait à ma mère.

— Et pourquoi ne voulait-il pas que tu sois au courant, à ton avis ? »

Roger secoua la tête.

« Je me suis posé la question, moi aussi. Je ne suis pas très sûr de piger. Il avait peut-être peur de la réaction de ma mère. Tu sais à quel point elle était fière. Ou alors, comme ils n'étaient pas mariés, il s'est dit que ce serait dur pour moi de connaître la vérité. Mais tu sais, Olivia, ça ne me gêne *pas du tout*. Je suis fier de ma mère. Je sais qu'elle a toujours agi pour le mieux, même si c'était très difficile. C'est pour ça que... » La voix de Roger se brisa, il baissa de nouveau le nez sur son plateau.

« C'est pour ça que... ? reprit doucement Olivia.

— Je ne sais plus où j'en suis, c'est tout, avoua son ami. Je me demande comment elle aimerait que je me comporte maintenant. Je voudrais bien qu'elle puisse m'aider d'une façon ou d'une autre à devenir du soir au lendemain Roger Patman, au lieu de Roger Barrett. »

Olivia le regardait, plutôt mal à l'aise. Elle aimait Roger, elle était navrée de le voir coupé de tout ce qui lui avait été familier. Il avait perdu en très peu de temps sa mère, son foyer, et même son nom. Cependant, en contemplant l'expression anxieuse du visage tourné vers elle, Olivia ne pouvait s'empêcher de s'inquiéter aussi de la place que la copine de Roger Barrett pourrait bien avoir dans la nouvelle existence de Roger Patman.

A Sun Valley, l'excitation était générale. Après les révélations des avocats de la famille Patman, à la suite du décès de la mère de Roger, les commentaires allaient bon train. Qui aurait pu soupçonner qu'un tel secret se dissimulait derrière la façade cossue des Patman ? Tiré du néant, un malheureux orphelin était devenu l'un des plus riches jeunes gens de la ville — aussi riche que Bruce, désormais cousin germain de Roger. A Sun Valley, les élèves ne parlaient que de cela depuis plusieurs jours. Les interrogations fusaient. Roger changerait-il, maintenant qu'il était très riche ? Était-il vrai que Bruce lui en voulait d'avoir emménagé dans sa maison ? Et était-il vrai que Mme Patman détestait son nouveau neveu ? Pendant que Roger et Olivia déjeunaient, on les observait depuis chaque recoin de la salle.

« Je le trouve toujours aussi nullard », déclara Lila Fowler à Jessica Wakefield.

Jessica pouffa.

« Tu ne serais pas plutôt jalouse ? » demanda-t-elle en suivant la direction du regard de son amie.

Lila rougit. Il y avait quelque temps, Roger avait

9

été très amoureux d'elle et aurait fait n'importe quoi pour passer un moment en sa compagnie. Mais Lila avait été épouvantée par la grande pauvreté de la famille Barrett. Ses parents à elle étaient aussi fortunés que les Patman et elle sortait avec des garçons qui disposaient de voitures et de cartes de crédit, et sûrement pas avec des garçons qui travaillaient comme portiers après la classe. Lila avait pourtant changé d'avis lorsque Roger avait gagné la grande course annuelle du « Bart ». Du soir au lendemain, il était devenu une vedette et Lila avait usé de tout son charme pour conquérir le droit de partager sa gloire. Hélas pour elle, elle arrivait trop tard : Olivia était entre-temps entrée en lice.

« Oh ça va, Jessica, protesta Lila. C'est vieux comme Mathusalem, cette histoire. Je me moque complètement de Roger Barrett *ou* Patman. De toute manière, il a toujours l'air aussi minable. »

Jessica n'écoutait qu'à demi. Elle cherchait du regard sa sœur jumelle, Elizabeth, pour lui demander si elle voulait bien la raccompagner en voiture à la maison après la séance d'entraînement du groupe de majorettes.

Jessica et Elizabeth étaient deux vraies jumelles, deux doubles identiques jusqu'au moindre détail, comme la fossette qui creusait leur joue gauche, par exemple. Elles avaient toutes deux des cheveux d'un blond doré à hauteur des épaules, des yeux bleu-vert étonnants et des silhouettes élancées. Et elles portaient chacune la même chaîne d'or, offerte par leurs parents le jour de leur seizième anniversaire. Ceux qui connaissaient très bien les jumelles étaient seuls à remarquer qu'Elizabeth portait une montre alors que Jessica n'en avait pas. Jessica ne s'inquiétait jamais de l'heure — sauf quand elle avait besoin de quelque chose et était très pressée de l'obtenir. Elle détestait qu'on la fît attendre et d'ailleurs, ne donnait à personne l'occasion de lui jouer pareil tour, puisqu'elle était généralement en retard.

« Jess, tu m'écoutes ? » se lamenta Lila tout en renvoyant en arrière d'un mouvement de tête ses cheveux bruns mi-longs.

Jessica soupira, s'efforçant de prêter attention à son amie. Elle n'était pas réellement de l'avis de Lila, au sujet de Roger. Elle ne s'était encore jamais intéressée à lui. Mais en cet instant, elle le trouvait plutôt mignon, ainsi accoudé, le menton niché au creux de sa main et parlant d'un air grave à Olivia.

« Alors Jessica, tu rêves ? Je viens de te demander avec qui tu vas à la réception ! » s'exclama Lila.

A l'énoncé du mot « réception », Jessica sortit de sa songerie. S'il y avait une chose dont elle raffolait, c'était bien celle-là ! De plus, la soirée dont parlait Lila n'était pas une soirée ordinaire. Elle promettait d'être l'un des événements majeurs de la saison mondaine et même de l'année. Pour accueillir leur neveu, les Patman avaient décidé de donner un grand bal, au Country Club, le club le plus sélect de Sun Valley et des environs.

« Je n'ai pas encore décidé », répondit Jessica.

Un étrange frisson la parcourut en voyant Olivia poser la main sur le bras de Roger. Pendant longtemps, Jessica avait été enchantée par les Patman. Et elle aurait voulu que, comme eux, sa famille demeurât dans l'une des vastes propriétés perchées sur les collines qui dominaient Sun Valley. Bruce Patman était même l'un des rares garçons dont Jessica se fût réellement éprise. L'idylle était terminée depuis belle lurette et aujourd'hui, elle ne pouvait plus le voir en peinture. Or elle s'avisait tout à coup qu'il y avait désormais un autre héritier Patman dans les parages, et qu'il ne manquait pas d'attraits. « *Je me demande*, songeait-elle en coulant un long regard du côté de Roger et d'Olivia, *quel effet ça ferait d'aller au grand bal avec l'invité d'honneur en personne — le garçon le plus riche de tout Sun Valley.* »

« Qu'est-ce que tu n'as pas encore décidé ? » demanda soudain une voix haut perchée.

Jessica et Lila levèrent les yeux pour découvrir le visage avide de curiosité de Caroline Pearce, une fille qui s'était depuis longtemps forgé une réputation de pipelette numéro un du lycée.

« Rien », répondit fermement Lila, qui se leva, plateau en main, pour décourager Caroline d'insister davantage. « Je te bigophone ce soir, Jess », ajouta-t-elle en s'éloignant.

Une seconde plus tard, Jessica se levait d'un bond, tout à la joie d'apercevoir enfin sa jumelle à l'autre bout de la salle. Caroline Pearce la regarda d'un air ébahi.

« Liz, attends ! braila Jessica en courant vers sa sœur, qui se dirigeait vers le couloir en compagnie de son ami attitré, Todd Wilkins.

— On dirait que Jessica a besoin de toi, commenta Todd, le regard pétillant d'ironie.

— Dis, Liz, tu pourras me ramener en voiture après l'entraînement ? Neil n'a pas pu avoir la bagnole, aujourd'hui, et j'ai juré à maman de ranger ma chambre avant de manger. »

Elizabeth poussa un gémissement comique.

« Alors, on ferait mieux de décoller tout de suite,

si tu as vraiment l'intention de libérer l'accès de ta piaule », blagua-t-elle.

La chambre de Jessica était un vieux sujet de plaisanterie chez les Wakefield. Elle avait insisté pour qu'on peigne les murs couleur chocolat et il était en général impossible de faire plus de deux pas au-delà du seuil, car le contenu de l'armoire de Jessica était presque invariablement éparpillé sur le sol.

« Okay, concéda Elizabeth, amusée par l'expression suppliante de sa jumelle. Je dois bosser tard au bureau de *L'Oracle*, mais je te retrouve dès que j'ai fini. »

Elizabeth rédigeait « Les Yeux et les Oreilles », la rubrique de potins du journal du lycée. Elle espérait que ce travail l'aiderait à réaliser son rêve : devenir écrivain. Todd et elle regardèrent Jessica s'éloigner en trombe et Todd éclata de rire.

« Encore heureux que j'aie hérité de la bonne partie du colis », dit-il, taquin, en embrassant Elizabeth sur le bout du nez.

Elle lui sourit.

« Tu m'accompagnes en cours ?

— Sûr ! Au fait, Mademoiselle-les-yeux-et-les-oreilles, demanda Todd en prenant la direction de la salle d'anglais d'Elizabeth, qu'est-ce que tu penses de toute cette affaire Roger Barrett-Patman ?

— Je ne sais pas trop, dit Elizabeth en redevenant sérieuse. Tu sais que j'ai toujours trouvé Roger sympa. J'ai été si peinée pour lui, quand sa mère est morte, que j'ai d'abord été soulagée de savoir qu'il avait une famille où se réfugier. Mais...

— Mais tu as des doutes sur la famille en question, acheva Todd à sa place.

— Ça ne me regarde pas, remarque, reprit Elizabeth en soupirant. J'espère quand même que tout se passera bien pour lui. Il doit subir pas mal de pressions et il a déjà traversé des trucs si durs. »

Todd l'approuva de la tête.

« Autre question, enchaîna-t-il.

— Qu'est-ce qu'il y a encore ? s'enquit Elizabeth en s'immobilisant pour le dévisager, l'air intrigué.

— Oh, je me demandais si tu n'as rien remarqué d'inhabituel, en dehors de tout ça.

— C'est-à-dire ?

— Tu n'as rien remarqué de bizarre au sujet de Regina Morrow, ces jours-ci ? »

Regina Morrow était une nouvelle venue à Sun Valley. Au cours des premières semaines qui avaient suivi son arrivée au lycée, il avait régné autour d'elle une sorte de mystère — en partie parce qu'elle était très riche, et très belle avec ses longs cheveux noirs et ses hautes pommettes ; et en partie parce qu'elle était presque totalement sourde. Regina avait refusé qu'on lui réserve un traitement spécial. Elle avait passé plusieurs années dans une école de Boston, où elle avait appris à lire sur les lèvres, et était capable de suivre les cours sans problème, à Sun Valley. En fait, elle réussissait brillamment dans presque toutes les matières. Très vite, la plupart de ses camarades de classe avaient oublié son infirmité. Mais personne n'oubliait qu'elle était belle.

« Mais enfin, Todd, de quoi parles-tu ? demanda Elizabeth, intriguée.

— C'est l'heure de bosser en étude », biaisa Todd. Et il s'éloigna, un sourire mystérieux aux lèvres.

Elizabeth le suivit du regard, le front plissé. Que pouvait-il bien avoir remarqué à propos de Regina Morrow ? Il ne manquait pas de culot, de l'avoir ainsi laissée sur sa faim ! Dire qu'il lui faudrait subir tout un cours d'anglais sans savoir ! Enfin, il semblait bien qu'elle devait se résoudre à patienter jusqu'au soir pour connaître la clef du mystère.

2

*L*a demeure des Patman, perchée sur l'une des collines de Sun Valley, s'élevait à l'écart de la route grimpante qui contournait la plus riche propriété du quartier.

« Et voilà. *Home sweet home*, mon cousin », annonça railleusement Bruce Patman en menant d'une main experte sa Porsche noire au sommet de la côte en pente raide qui donnait accès au vaste garage familial.

Roger déglutit avec difficulté. Il se demandait combien de temps il lui faudrait pour se sentir à l'aise dans cette énorme propriété. La présence de son cousin était loin de lui faciliter les choses. Bruce n'avait jamais été « sympa » avec lui et depuis qu'il l'avait battu dans la course du « Bart », tous deux n'étaient guère en bons termes. Bruce claqua sa portière et courut vers l'entrée latérale de la maison.

« Dépêche ! cria-t-il. On a des invités à dîner, n'oublie pas. »

Roger suivit à pas lents son cousin de fraîche date. Il ne se souvenait que trop de la soirée qui l'attendait. Pour tout dire, il y avait songé toute la journée. La veille au soir, Mme Patman l'avait fait venir dans sa chambre. Il l'avait trouvée installée à sa coiffeuse, en train d'étaler une crème de beauté sur ses paupières.

« Roger, lui avait-elle annoncé avec raideur, nous avons d'importants invités à dîner, demain soir. Les Ferguson. M. Ferguson est un gros client de ton oncle. Il est capital que tu fasses bonne impression. »

Roger se souvenait d'être resté planté devant elle, gauche et embarrassé. Depuis son installation, sa nouvelle tante n'avait cessé de le chapitrer sur la nécessité de produire bon effet. Rien de ce qu'il faisait ne semblait correct : il ne portait pas les habits convenables, il traitait les domestiques en amis et non en employés.

« Qu'est-ce que tu portes donc aux pieds, mon chéri ? » lui avait soudain demandé Mme Patman en levant vers lui un regard bleu chargé de dédain.

Roger avait baissé le nez sur ses vieilles chaussures de sport, puis relevé la tête.

« Euh, rien, avait-il répondu en s'empourprant. C'est juste ce que je mets d'habitude.

— Je vois, avait constaté Mme Patman avec ironie. Je croyais que ton oncle s'était déjà occupé de ta tenue vestimentaire. Eh bien, nous devrons veiller à ce que tu te débarrasses de ça et t'acheter des chaussures décentes. En attendant, mon chéri, tu pourrais demander à Bruce de t'aider à choisir quelque chose de convenable pour le dîner de demain. Il est très avisé. Et puis... » Mme Patman avait pivoté sur sa chaise pour mieux marquer le coup, décochant à

Roger un regard perçant. « ...Nous tenons à être agréables aux Ferguson.

— Oui, m'dame, avait marmonné Roger, le nez baissé vers l'épaisse moquette de couleur crème.

— N'oublie pas de faire appel à Bruce, si tu as une hésitation, avait lancé sa tante alors qu'il gagnait gauchement le seuil. Il sait toujours ce qu'il convient de faire. Je suis certaine que tu remporteras un vif succès. Nous comptons sur toi pour faire honneur au nom des Patman, n'est-ce pas ? »

A présent, tout en franchissant l'imposant escalier intérieur et en refermant la porte de sa chambre, Roger se demandait s'il trouverait jamais sa place dans la famille. Il ne parvenait toujours pas à s'habituer au lieu où il dormait. La chambre de son ancienne maison n'était même pas aussi grande que le vestiaire dont il disposait ici, dans une pièce qui, à elle seule, atteignait presque la surface de l'appartement qu'il avait quitté ! Un énorme lit à colonnes trônait en son milieu. Dans un angle, on avait placé un secrétaire en acajou sous une enfilade d'étagères alourdies de livres à reliure de cuir et dont les titres lui étaient pour la plupart inconnus. Il régnait là un silence mortel. Et malgré sa magnificence, le lieu n'offrait rien de ce que Roger avait désiré avoir lorsqu'il était pauvre : pas de chaîne stéréo, pas de jeux vidéo, pas d'appareils de sport. Il s'était davantage senti chez lui dans sa minuscule chambre d'autrefois que dans cette immense pièce.

Roger ouvrit la porte de son vestiaire et tâcha de choisir sa tenue du dîner. Il enfila avec maladresse les nouveaux vêtements que son oncle lui avait achetés et dut s'y reprendre à plusieurs fois pour nouer sa cravate. En pure perte, d'ailleurs, car elle avait toujours l'air serrée à l'étrangler. Et il eut beau humecter ses cheveux, un drôle d'épi s'obstina à rester dressé au sommet de sa tête. Il alla se poster devant le miroir en pied placé à l'extrémité du vestiaire et s'examina sous toutes les coutures. Il se faisait l'effet d'un étranger dans son pantalon de flanelle à pli, son veston de laine bleu marine, sa cravate de soie rayée et sa chemise amidonnée.

Quelqu'un frappa à la porte de la chambre, l'ouvrit sans attendre de réponse et Bruce, tiré à quatre épingles et très à son aise, se dirigea vers le vestiaire.

« Alors, j'espère que tu es prêt à affronter ce vieux Fergie, Rog, dit-il, goguenard, en s'adossant au chambranle. C'est une vraie terreur quand il veut. »

Roger éprouva une sensation d'angoisse. Il sentait qu'il ferait mieux de rester enfermé dans sa chambre toute la soirée.

« Mais dis-moi, observa Bruce en se rapprochant de lui, on est bien coquet ce soir ! Rien à voir avec l'ancien Roger, ça c'est sûr. »

Roger rougit.

« Mollo, Bruce. Je me sens encore plus bizarre que je n'en ai l'air, alors. »

Bruce eut un reniflement de dédain.

« Et pourtant, tu bats déjà les records. »

Roger le suivit vers la salle de réception, où le dîner devait être servi. « *C'est drôle*, songea-t-il, *je suis presque soulagé d'être avec Bruce. Au moins, il manifeste ouvertement son hostilité.* » Mme Patman était beaucoup plus sournoise et chaque fois qu'elle l'appelait « mon chéri », il ne pouvait retenir une crispation.

Roger faillit s'esclaffer en apercevant les six malheureux couverts disposés à distance sur l'immense table où trente personnes auraient pu s'attabler à l'aise. On aurait dit qu'un bon kilomètre de bois ciré séparait chaque convive. Mais le regard glacial de Mme Patman lui ôta toute envie de rire.

« Vous connaissez Bruce, bien sûr, dit celle-ci à ses invités. Et voici Roger. »

Roger observa tout à tour les deux Ferguson. M. Ferguson approchait les soixante-dix ans. Ses cheveux blancs étaient coiffés en arrière et il avait un visage hâlé, distingué. Il toisait Roger de ses petits yeux noirs comme s'il avait affaire à un chien errant convoitant une niche. « Ah bien, je vois », fit-il en hochant plusieurs fois la tête avec raideur. Mme Ferguson, elle, était beaucoup plus jeune que son époux. Roger regarda ses doigts avec étonnement : il n'avait jamais vu de diamants aussi gros, ni d'ongles aussi longs.

« Enchanté de vous connaître, mon garçon », dit enfin M. Ferguson en tendant une main que Roger serra avec gêne.

« Charmée », dit laconiquement Mme Ferguson, l'œil dans le vague et la voix lourde d'ennui.

Roger tendit de nouveau la main, pour la saluer, et elle enregistra ce geste ignorant des usages avec un dédain amusé. Roger enfouit sa main au fond de sa poche. « *Coup bas numéro un* », se dit-il.

« Roger, mon chéri, si tu venais t'asseoir ici », proposa Mme Patman.

Elle s'installa elle-même en bout de table et M. Patman en face d'elle. Roger était placé vis-à-vis de Bruce et à la droite de Mme Ferguson. « *La vache* », se dit-il en voyant les couverts alignés auprès de son assiette. Il fit le compte à mi-voix —

quatre, non, cinq fourchettes différentes ! Mais que diable fallait-il en faire ?

Reginald, le maître d'hôtel, apporta une aiguière en argent, puis servit le vin pendant que Miranda entrait avec le hors-d'œuvre. « Jusqu'ici, ça va », se dit Roger. Personne ne semblait prêter attention à lui et il crut qu'il pourrait traverser l'épreuve sans essuyer de désastre.

« Je ne comprends toujours pas que vous ayez acheté ces valeurs alors que je vous avais conseillé de vendre », dit M. Ferguson en entamant avec M. Patman une discussion d'affaires.

Mme Ferguson, ignorant Roger, s'adressa à Bruce.

« Eh bien, mon petit chéri, demanda-t-elle d'un ton guindé, est-ce que tu t'es un peu plus intéressé au monde de l'esthétique et des arts, ces temps-ci ?

— Euh... pas autant que je le devrais », répondit Bruce en lui souriant avec une écœurante fausseté.

Roger s'efforça de rester impassible. S'intéresser à l'esthétique ? Bruce ? « *Elle veut probablement parler des nanas qu'il emmène au drive-in*, songea-t-il avec ironie. *Sauf qu'il ne voit jamais plus de dix minutes de film.* » Miranda plaça un plat de salade devant lui. Il l'examina avant de recompter à nouveau les fourchettes. « *Ça doit être celle-là* », pensa-t-il en prenant la plus proche de son assiette.

« Pas celle-là, Roger, lui dit Bruce qui ne demandait pas mieux que d'être serviable à présent qu'il était en public. L'autre, celle qui se trouve tout à l'extérieur. »

Roger devint rouge comme une pivoine. « *Coup bas numéro deux* », songea-t-il en reposant précipitamment sa fourchette et en prenant celle de

22

l'extrême gauche, la plus proche de Mme Ferguson, qui le contemplait avec une expression où se mêlaient la curiosité et le dégoût.

« Voudriez-vous me passer la corbeille à pain ? lui demanda-t-elle d'une voix de fausset.

— Bien sûr. »

Roger prit la corbeille et, dans le geste qu'il fit pour la tendre à sa voisine, happa son verre de vin rouge avec la manche de son veston. Le liquide se répandit sur la nappe blanche et quelques gouttes jaillirent du côté de Mme Ferguson.

« Mon Dieu ! s'exclama M. Ferguson à voix forte en se levant d'un bond. Rien de grave, Marjorie ?

— Roger, que tu es donc maladroit, observa Mme Patman d'un ton acerbe.

— Voyons, ce n'est rien, dit avec indulgence M. Patman en agitant la petite sonnette posée à sa droite pour alerter Miranda.

— Ma robe est perdue », déclara Mme Ferguson à son mari en frottant d'un geste rageur la goutte microscopique qui s'était écrasée sur le tissu.

Le visage empourpré jusqu'à la racine des cheveux, Roger contemplait la tache couleur rubis qui s'élargissait devant lui sur la nappe.

« Je, euh... je vous demande pardon », balbutia-t-il.

Il se leva. Et avant que personne ne pût réagir, il quitta en hâte la pièce et courut vers le grand escalier, non sans avoir eu le temps d'entendre Mme Patman excuser sa conduite. Cela lui était égal. Tout ce qu'il désirait, c'était être tranquille, loin des Patman, des Ferguson, des domestiques et des ribambelles de fourchettes. Toujours courant, il traversa le couloir de l'étage et claqua derrière lui la porte de sa chambre. Réfugié près de l'immense baie qui donnait sur les pelouses en pente de la propriété, il pressa son front brûlant contre la vitre. Il ne s'était jamais senti aussi désemparé, ni aussi affreusement seul de toute son existence.

« Tu ne peux pas faire ça ailleurs ? » demanda Elizabeth.

Dans leur confortable maison basse, les jumelles Wakefield prenaient un peu de détente après le souper. Allongée sur le sol, dans la chambre aux murs couleur crème de sa sœur, Jessica exécutait les exercices de Jane Fonda, le casque de son walkman calé sur les oreilles.

« Quoi ? fit-elle en ôtant les écouteurs.

— Ce n'est pas que ta compagnie me déplaise, observa Elizabeth avec malice, mais j'attends un coup de fil de Todd.

— Il n'y a plus un seul recoin de libre dans ma chambre, Liz, geignit Jessica.

— Je croyais que tu devais la ranger cet après-midi.

— Oui, je sais. Mais je suis en train de peindre des tee-shirts pour la vente qu'on organise pour les majorettes et je les ai mis à sécher.

— Bon, d'accord », céda Elizabeth.

Jessica reprit les écouteurs et leva de nouveau ses longues jambes fuselées.

« Elizabeth, observa-t-elle entre deux battements, tu ne trouves pas que Roger a changé ?

— Pour moi, il est toujours pareil, répondit sa sœur.

— Il est plutôt mignon, poursuivit Jessica.

— Moui, approuva distraitement Elizabeth, l'œil rivé au téléphone.

— Comment tu t'habilles, pour la réception des Patman ?

— Je ne sais pas encore. »

Pourquoi Todd ne téléphonait-il pas ? Elizabeth s'était interrogée tout l'après-midi sur ce qu'il avait bien pu vouloir dire à propos de Regina Morrow.

« Je suppose que Roger va amener Olivia à la soirée », reprit Jessica. Elle interrompit son exercice et tendit ses jambes devant elle afin de mieux les admirer.

« J'imagine. »

Jessica se mit debout, se planta devant le miroir placé au-dessus de la commode de sa sœur, s'empara d'une brosse et peigna ses longs cheveux dorés.

« On dirait que j'ai grossi du visage, dit-elle d'un ton critique.

— Ton visage est comme d'habitude, Jess, observa Elizabeth en riant. Exactement comme le mien !

— J'ai envie d'acheter une nouvelle robe pour la réception, déclara Jessica. Quelque chose de vraiment élégant. »

Elle commençait déjà à tirer des plans sur la comète. Elle se voyait danser dans une robe longue aux tons doux, blottie dans les bras de Roger Patman, sous les regards admiratifs et les bravos du reste de l'assistance. « *Olivia Davidson n'est pas une fille convenable pour un Patman*, songeait-elle. *Elle faisait peut-être l'affaire pour un Barrett, mais pour Roger Patman ! Il lui faudra quelqu'un d'un peu plus affriolant.* » Jessica sourit à son reflet dans le miroir.

Elle voyait très bien qui pouvait être le quelqu'un en question.

Le téléphone sonna et Elizabeth se rua pour décrocher, non sans avoir adressé à sa jumelle un regard à la fois affectueux et ferme.

« Retour aux tee-shirts ! » chantonna Jessica en disparaissant de la pièce.

« Mais enfin, Todd, qu'est-ce que tu fabriquais ? explosa Elizabeth. Tu n'as pas idée de me faire languir pendant toute une soirée ! »

Todd pouffa.

« Désolé, j'étais chez le mécano. Il paraît qu'il va falloir attendre une semaine avant d'avoir la pièce de rechange pour la Datsun. » La voiture de Todd était tombée en panne la semaine précédente.

« Okay. Bon, alors dis-moi à quoi tu faisais allusion cet aprèm', insista Elizabeth tout en s'installant dans son fauteuil préféré et en repliant ses longues jambes sous elle.

— Liz, je suis inquiet au sujet de Regina, annonça Todd. Tu n'as rien remarqué de bizarre dans son comportement ?

— Comment ça, "bizarre" ? demanda Elizabeth, sa curiosité éveillée.

— Eh bien, pour commencer, elle quitte le lycée avant l'heure normale. Elle est avec moi en anglais, donc au dernier cours, et hier, ça faisait la troisième fois en quinze jours qu'elle était absente. Elle est là à la cantine, mais en fin de journée elle disparaît. En plus, hier après la gym, je l'ai aperçue dans le parking et elle avait l'air plutôt nerveux. Quand je me suis avancé vers elle, elle s'est tirée.

— Où ça ?

— C'est bien ce qui m'intrigue. Je l'ai suivie pour

savoir ce qui n'allait pas et je l'ai questionnée. Elle est devenue toute rouge et elle s'est sauvée sans me répondre.

— C'est curieux, commenta Elizabeth. Je me demande où elle pouvait bien aller.

— Et attends, ce n'est pas tout, reprit Todd. Elle se comporte d'une drôle de manière, ces temps-ci. Je ne sais pas si tu as remarqué, mais on la voit de plus en plus souvent toute seule.

— Exact ! s'exclama Elizabeth. Il n'y avait personne avec elle à la cafèt', aujourd'hui. Qu'est-ce qui se passe, à ton avis ?

— Mystère, répondit Todd. Cela dit, j'ai mon idée pour le découvrir. Tu peux avoir la bagnole, demain ?

— Je ne sais pas, hésita Elizabeth en plissant le front. Ma mère en aura peut-être besoin. Mais je lui demanderai la permission. Pourquoi ?

— Si tu peux avoir la Fiat, je t'expliquerai mon plan demain. »

3

*U*ne fois n'étant pas cou-
tume, Jessica se trouva installée à la table du petit
déjeuner avec Elizabeth.

« Tu es bien matinale, aujourd'hui. En quel honneur ? » plaisanta M. Wakefield en reposant son
journal matinal replié à la page de la section affaires.

Avec ses cheveux noirs ondulés, ses larges épaules
et son allure hardie, le père des jumelles était une
version plus âgée de leur frère, Steven, qui étudiait
dans une faculté de la région. Ned Wakefield, avocat
à Sun Valley, avait souvent déjà gagné son bureau
avant que ses filles ne descendent déjeuner.

« On m'emmène en bagnole au lycée, répondit
gaiement Jessica tout en beurrant un *muffin*.

— Jess, veux-tu m'expliquer ce que tu as sur le
dos ? » demanda Alice Wakefield en versant un verre
de jus d'orange à sa fille.

Lorsqu'elle était présente, on devinait sans peine
de qui les jumelles tenaient leur beauté : petite et

menue blonde aux yeux bleus, Alice Wakefield était parfois prise pour leur sœur aînée.

« C'est ma dernière trouvaille pour procurer du fric aux majorettes », lui dit fièrement Jessica en renvoyant ses cheveux en arrière et en se renversant sur sa chaise pour faire admirer les giclées audacieuses de teinture qu'elle avait jetées sur un tee-shirt blanc. « On va les vendre et on s'en mettra plein les poches ! »

Au fond d'elle-même, Jessica était loin d'être sûre de remporter un succès financier avec ses tee-shirts. Ce qu'elle savait, c'était que celui qu'elle portait mettait en valeur le hâle de ses bras, et elle avait choisi avec soin des éclaboussures de bleu-vert qui s'harmonisaient avec la nuance étonnante de ses yeux.

« Salut, maman, salut, papa », chantonna Elizabeth en étreignant rapidement sa mère et en se laissant tomber sur une chaise en face de sa jumelle. Elle se versa un grand bol de céréales et demanda :

« Dis, maman, je peux prendre la Fiat aujourd'hui ?

— Oui, je crois, répondit Mme Wakefield qui travaillait en ville comme décoratrice d'intérieur. Ton père me fera un brin de conduite. Emmène ta sœur si elle en besoin, ajouta-t-elle en se dirigeant vers l'escalier pour aller finir de se préparer.

— Je t'ai déjà dit qu'on m'emmène, cria Jessica à sa mère. Je pars avec Neil.

— Neil Freemount ? Encore ? lança malicieusement Mme Wakefield. La liste des admirateurs se rétrécit ? »

Neil Freemount était à vrai dire l'un des plus beaux garçons de la classe des jumelles. Bon en gym, de compagnie agréable, et heureux propriétaire d'une voiture de sport flambant neuve, il avait beaucoup de succès. Entre deux copains, Jessica passait volontiers son temps avec lui, surtout depuis qu'il possédait une voiture. « Il est parfait en attendant mieux », voilà comment Jessica avait décrit Neil à sa meilleure amie, Clara Walker. Elle assura avec décontraction à son père :

« Neil est un copain, c'est tout. Rien de spécial.

— Ah zut ! s'exclama Elizabeth en consultant sa montre. Je devais déposer un truc à *L'Oracle* avant les cours. »

Elle se leva d'un bond, donna un baiser rapide à son père, adressa un salut de la main à Jessica et, saisissant sa pile de livres sur le plan de travail de la cuisine, se hâta vers le garage.

« Sois prudente en conduisant », lui lança Ned Wakefield.

Elizabeth acquiesça d'un signe de tête, qui fit s'agiter sa queue de cheval. « *Je n'aurais pas dû demander la bagnole* », songea-t-elle tout en faisant reculer la petite Fiat « Spider » hors du garage et en s'engageant dans l'allée. Elle préférait emprunter la voiture lorsqu'elle lui était absolument nécessaire. « *Que peut bien comploter Todd ?* » se demandat-elle encore. Elle roulait lentement, profitant du chaud soleil qui s'engouffrait par le toit ouvrant. Pour la énième fois, Elizabeth songea qu'elle avait beaucoup de chance de vivre à Sun Valley. Elle se disait qu'on ne pouvait rêver plus belle ville en voyant défiler dans la lunette arrière, à travers le rétroviseur, les pelouses vertes et les parterres bigarrés. Elle aperçut devant elle quelqu'un qui marchait à petits pas, les bras chargés de livres. C'était Olivia

Davidson. Ralentissant à sa hauteur et arrêtant la voiture, Elizabeth lança :

« Olivia ! Je t'emmène ? »

Olivia sourit, ramena ses cheveux bouclés derrière son oreille d'un geste nerveux.

« C'est super-chic de ta part, Liz, répondit-elle en ouvrant la portière et en s'installant sur le siège passager. Je ne suis pas en avance et j'ai une tonne de bazar à débroussailler pour le canard. Un jour, quelqu'un m'enverra bien quelque chose de chouette à lire », observa-t-elle en riant.

Rédactrice de la rubrique artistique, Olivia grapilllait toujours quelques instants entre deux cours pour lire les poèmes et les articles que les élèves proposaient à *L'Oracle*. Elizabeth s'avisa qu'on ne voyait plus guère Olivia dans les locaux du journal, depuis quelque temps. « Ça a peut-être un rapport avec ce qui arrive à Roger », songea-t-elle. Elle avait de la sympathie pour Olivia. Comme d'habitude, sa jumelle et elle étaient en total désaccord sur le choix de leurs amies. Jessica trouvait Olivia « bizarre ». « Elle est toujours en train de trimballer une tonne de paperasses et elle est attifée comme un épouvantail. » C'était là son commentaire habituel. Elizabeth, elle, trouvait qu'Olivia avait une beauté naturelle et fraîche. Elle ne se maquillait presque pas et portait simplement lâchées ses boucles brunes. Elle était petite et très menue, et ce que Jessica appelait sa « tenue d'épouvantail » lui allait à ravir : des jupes portefeuille de cotonnade indienne et des tee-shirts tout simples à col en V. Particulièrement jolie ce jour-là, elle portait un collier sans prétention, fait de cuir et de perles, et de longs pendants d'oreilles en

argent qui lui donnaient l'air d'une princesse mexi-
caine.

« Ce qu'elles sont belles tes boucles ! » s'exclama
Elizabeth en démarrant de nouveau.

Olivia sourit.

« C'est Roger qui me les a offertes pour mon anniversaire. »

Elizabeth la regarda pensivement.

« Comment va-t-il ? demanda-t-elle. Ce n'est pas
trop dur pour lui, tous ces changements ?

— Oui, un peu, admit Olivia. C'est drôle, on ne
croirait pas que ça peut être difficile de se retourver
riche à millions du soir au lendemain. Mais... »

Elle s'interrompit et Elizabeth crut voir une certaine gêne sur son ravissant visage. Elle se garda
d'insister.

« J'imagine que tu as hâte d'être à samedi, pour le
barbecue des Patman, non ? biaisa-t-elle.

— Oh oui », dit Olivia avec un empressement trop
excessif pour être sincère.

Les Patman avaient décidé de donner une petite
fête sans façons pour accueillir leur neveu, avant la
grande soirée du Country Club. Todd et les jumelles
y avaient été invités.

« Je ne suis jamais allée chez les Patman, poursuivit Olivia en triturant avec nervosité son bracelet de
cuir. Je pense que ce sera sympa.

— Moi aussi, dit Elizabeth. Tu sais, ajouta-t-elle,
je trouve que Roger a de la chance de t'avoir comme
amie. Il a sûrement encore plus besoin de toi qu'a-
vant. »

Olivia ne répondit rien, mais son sourire révéla à
Elizabeth qu'elle avait trouvé les mots qu'il fallait.

« Et voilà, on est arrivées ! » s'exclama cette dernière en garant la voiture sur le parking du lycée. Elle consulta rapidement sa montre et coupa le contact. Il restait exactement cinq minutes avant le début des cours.

« Todd, je ne suis pas très chaude pour tout ça ! » protesta Elizabeth.

Le projet de son ami n'avait cessé de la tracasser depuis l'heure du déjeuner. Maintenant, assise en voiture avec lui dans le parking, elle se sentait tout à fait coupable.

« Voyons, calme-toi. On ne sèche jamais qu'un seul cours. Et puis, si Regina a vraiment des ennuis ?

— Je ne vois pas en quoi... » commença Elizabeth.

Todd lui saisit impulsivement le bras.

« La voilà ! coupa-t-il. C'est bon, Liz, démarre ! »

Regina Morrow venait de sortir par la porte latérale du lycée. Elle consulta nerveusement sa montre, regarda avec attention autour d'elle pour s'assurer de ne pas être vue. Puis elle traversa le parking en hâte.

« Attends qu'elle soit juste devant nous pour la suivre, dit Todd.

— D'accord », acquiesça Elizabeth avec gêne.

Regina s'engageait à présent d'un pas rapide dans l'avenue qui menait au quartier des affaires de Sun Valley.

« Allons-y », pressa Todd.

Elizabeth se mit à rouler aussi lentement que possible, sans quitter Regina des yeux.

« Elle a l'air rudement pressé, observa-t-elle. Tu disais qu'elle est sortie plus tôt combien de fois déjà ?

— Ça fait la quatrième en quinze jours. Hé, Liz, attention, elle prend un bus ! »

Regina était montée à bord d'un autobus roulant vers le centre ville et Elizabeth accéléra.

« Il faut qu'on passe le feu ! cria Todd en voyant le véhicule franchir le carrefour qui se présentait devant eux.

— Todd, on ne va pas se faire tuer pour un truc pareil ! » protesta Elizabeth d'un ton de reproche. Et elle freina alors que le feu passait de l'orange au rouge.

« Voilà, ça y est, on l'a paumée », dit Todd en s'effondrant sur son siège.

Mais l'expression d'Elizabeth modifia aussitôt son humeur.

« Excuse-moi, murmura-t-il. Je crois que je prends un peu trop au sérieux mes petites activités de détective. On le rattrapera bien. »

Il ne leur fallut guère de temps pour rejoindre le véhicule, en effet. A chaque arrêt, Elizabeth stoppait derrière l'autobus et attendait. Lorsque la voiture atteignit le cœur du quartier des affaires, Regina en descendit. Ce fut Todd qui l'aperçut le premier.

« La voilà ! s'écria-t-il. Vite, une place ! »

Elizabeth logea la Fiat dans un créneau, en face du Centre médical de Sun Valley, et se retourna sur son siège pour chercher Regina du regard. Celle-ci avait traversé la rue et s'était immobilisée devant un haut building à façade miroitante ; elle consulta sa montre, tourna la tête à droite, à gauche, puis tira un boîtier de son sac.

« Qu'est-ce qu'elle fait ? demanda Todd, le regard braqué sur elle.

— Elle met du rouge à lèvres », murmura Elizabeth.

Quelques instants plus tard, un homme grand, beau, approchant la quarantaine, s'avançait vers Regina. Il l'embrassa sur la joue, elle lui sourit et lui adressa quelques mots. L'inconnu la prit par le bras. Aussitôt, Regina regarda avec nervosité autour d'elle. Très vite, le couple s'engouffra dans l'immeuble chic.

« Qu'est-ce que ça signifie, à ton avis ? » demanda Todd.

Elizabeth secoua la tête en signe d'ignorance. Avant qu'elle pût formuler une réponse, une voix féminine haut perchée interrompit son tête à tête avec son copain.

« Liz ! Todd ! » criait-on.

Elizabeth tressaillit d'un air coupable. Elle se détourna avec vivacité et aperçut Lila Fowler qui les hélait depuis le bord du trottoir.

« Ça alors, le monde est petit », observa gaiement Lila.

Il sembla à Elizabeth qu'elle regardait dans la direction de l'endroit où, de l'autre côté de la rue, Regina s'était postée pour attendre. Mais elle n'en aurait pas juré.

« Je sors de chez le dentiste, reprit Lila en grimaçant. Tu parles d'une activité par un beau temps pareil. Comment ça se fait que vous êtes déjà en ville ? poursuivit-elle en regardant tour à tour Elizabeth et Todd avec curiosité.

— On va voir mon père, mentit Elizabeth. Son cabinet est juste au coin.

— C'est chouette, dit Lila sans insister. Bon, il faut que je me sauve. Je dois prendre une robe chez la couturière. Liz, si tu la voyais ! L'idéal pour la soirée des Patman. Au fait, qu'est-ce que tu vas mettre ?

— Je ne sais pas encore, répondit Elizabeth.

— Hé, dites donc, s'exclama soudain Lila en clignant les paupières sous le soleil, ce n'est pas Roger, là-bas, devant *The Sports Shop* ? Avec M. Patman ?

— Tiens, oui, c'est bien lui », confirma Todd.

Lila adressa un regard entendu à Elizabeth.

« On dirait que tout le monde traîne en ville, cet aprèm' », déclara-t-elle avec un petit sourire en coin.

« Voyons, dit M. Patman en entourant Roger de son bras, je crois qu'il est grand temps de t'acheter une tenue de sport décente. »

Roger sourit d'un air heureux à son oncle. Il avait l'impression de voir se réaliser un grand rêve. Autrefois, en se rendant au travail, Roger était souvent passé devant *The Sports Shop* et avait contemplé avec envie les chaussures en vitrine. Il lui aurait alors fallu économiser des mois durant afin de pouvoir s'offrir des tennis de cette qualité-là. Aujourd'hui chose à peine croyable, grâce à la carte de crédit que son oncle lui avait donnée, il pouvait acheter ce que bon lui semblait sans même regarder le prix sur l'étiquette.

« Si nous commencions par une bonne paire de chaussures ? suggéra M. Patman en poussant la porte de la boutique. Et ensuite, plusieurs shorts de nylon, d'accord ? »

Dès qu'ils entrèrent, Roger tomba en arrêt devant une raquette en aluminium.

« Pas mal, dit M. Patman en l'examinant. Nous prendrons ça aussi, déclara-t-il au vendeur.

— Mon oncle ! protesta Roger. Je n'en ai pas besoin ! »

M. Patman sourit.

« Tu oublies que tu as ton court personnel, maintenant, dit-il d'un ton taquin. Que deviendras-tu sans raquette ? »

Trois quarts d'heure plus tard, les bras chargés de paquets, Roger suivait son oncle jusqu'à la voiture.

« Je ne sais pas comment vous remercier », avoua-t-il.

M. Patman éclata de rire.

« Alors, ne dis rien ! explosa-t-il gaiement. Sois heureux, Roger, c'est tout ce que je demande. »

Roger, encore tout étourdi, s'installa à l'arrière de la limousine. Pendant que la voiture roulait vers la propriété des Patman, il se laissa aller sur son siège, un sourire aux lèvres. Il avait tout oublié, Bruce, sa tante, les Ferguson, l'humiliation du repas de la veille. Pour l'instant, Roger ne se rappelait qu'une seule chose : qu'il était un Patman. Et tout à coup, cela lui paraissait très agréable.

4

Le samedi, jour du barbe-
cue des Patman, se révéla être une magnifique journée. Le soleil brillait dans un ciel sans nuages et la
radio affirmait que la température atteindrait vingt-
trois degrés dans le milieu de l'après-midi. « Un
temps parfait pour se baigner ! » s'écria Jessica qui
se préparait dans sa chambre. Elle leva devant elle
un maillot de bain flambant neuf. « Attends un peu
que Roger voie ça. » Et elle glissa le mince vêtement
dans son sac. Jessica préférait d'ordinaire les bikinis,
elle trouvait qu'il était dommage de cacher son ven-
tre plat et hâlé. Mais la vendeuse de *Super Nana*
l'avait convaincue que le une-pièce noir était plus
sophistiqué.

« *Ce qu'il faut*, se disait Jessica, *c'est que j'attire
l'attention de Roger. Une fois qu'il m'aura remarquée,
il s'apercevra qu'Olivia n'est pas du tout bien pour lui.
Et si j'arrive à le rendre amoureux de moi d'ici quinze*

jours, je serai sa cavalière pour la plus grande récep-
tion de l'année ! »

« Jess, Todd attend en bas depuis au moins dix minutes, protesta Elizabeth en passant la tête dans l'entrebâillement de la porte. Mais qu'est-ce qui se passe ici ? » s'exclama-t-elle dans un haut-le-corps.

On aurait dit que Jessica avait déballé le contenu de sa commode et de son armoire autour d'elle et sur le lit. On voyait des vêtements éparpillés partout. Jessica, par contre, était éblouissante dans sa jupette de tennis blanche et son polo turquoise. Une sonnette d'alarme retentit dans la tête d'Elizabeth. La dernière fois qu'elle avait vu sa jumelle vêtue de façon aussi classique, c'était lorsqu'elle était tombée éperdument amoureuse de Bruce Patman et s'était mise à acheter des vêtements au *Boston Shop* pour lui plaire.

« Qu'est-ce que c'est que ce nouveau look ? » demanda-t-elle d'un ton soupçonneux.

Jessica haussa les épaules, piétina les vêtements épars sur le parquet pour aller se placer devant sa commode.

« C'est juste pour être nette, Liz, assura-t-elle en brossant ses cheveux. Au fait, Regina sera là, cet aprèm' ?

— Je crois. En tout cas, elle m'a dit qu'elle venait, la dernière fois qu'on s'est vues. Pourquoi ? s'enquit Elizabeth, intriguée.

— Comme ça, répondit Jessica d'un ton négligent en reposant sa brosse. Peut-être qu'elle amènera son ami, là, le type d'âge mûr avec qui elle sort.

— Mais qu'est-ce que tu radotes ? »

Jessica haussa les épaules.

« Personnellement, je ne vois pas pourquoi on en

fait tout un plat, dit-elle d'un ton gai. Qu'est-ce qu'il y a à reprocher aux hommes d'âge mûr ? A moins que...

— A moins que quoi ? intervint Elizabeth.

— Oh, eh bien, s'il est aussi âgé que tout le monde le dit, Regina pourrait avoir de sérieux ennuis. Tu sais comment c'est avec les types plus vieux.

— Et c'est qui "tout le monde" ? Qui t'a dit que Regina sort avec un type plus vieux qu'elle ? demanda Elizabeth en élevant la voix.

— Les filles ! lança Mme Wakefield dans l'escalier. Il y a une éternité que Todd attend. Qu'est-ce que vous avez à traîner comme ça ?

— Allez, grouille, Liz, on y va », dit Jessica en prenant son sac. Elle secoua la tête en voyant l'expression irritée de sa jumelle. « Écoute, Regina peut sortir avec qui elle veut, je m'en balance totalement. Je suis un peu inquiète pour sa réputation, c'est tout. »

Une expression tracassée plissait le visage d'Elizabeth alors qu'elle suivait sa jumelle au rez-de-chaussée. Elle devinait sans peine que c'était Lila Fowler qui se dissimulait derrière le vague « tout le monde » de Jessica et qui avait parlé du mystérieux compagnon de Regina. Pourquoi donc Lila allait-elle répandre des rumeurs aussi malveillantes sur le compte de leur camarade ?

Le barbecue se tenait aux abords de la piscine olympique des Patman. On avait installé là des tables, à l'abri de parasols jaunes et blancs, pour servir plus tard une collation. Lorsque Todd et les jumelles arrivèrent, la réception battait déjà son plein. Ce fut Roger qui les accueillit en les voyant pénétrer sur la pelouse.

« Venez dire bonjour à mon oncle et à ma tante »,
leur dit-il.

Todd serra la main de M. Patman, Elizabeth
échangea des amabilités avec la tante de Roger. Au
grand étonnement de sa jumelle, Jessica s'attarda
pour dire à Mme Patman combien elle était ravie
d'avoir été invitée.

« J'adore votre ensemble », minauda-t-elle.

Pour sa part, Elizabeth trouvait que leur hôtesse
manquait de simplicité dans sa toilette. Le noir
luisant de sa longue chevelure était trop éclatant
pour être naturel et le négligé de satin rose qu'elle
portait aurait mieux convenu sur un plateau d'Hol-
lywood. Elizabeth entendit sa sœur s'exclamer : « Et
que vos fleurs sont belles ! »

« Décidément, elle est bizarre, aujourd'hui »,
murmura-t-elle à Todd alors qu'ils se dirigeaient
vers la piscine.

« Liz ! Todd ! Par ici ! » lança Enid Rollins.

Le visage d'Elizabeth s'éclaira en la voyant assise
au bord du bassin avec son ami George Warren.
Enid était son amie la plus chère. Jessica s'en éton-
nait, mais elle savait, elle, que sous ses dehors timi-
des Enid cachait un cœur d'or. Todd et Elizabeth
rejoignirent le couple, installé du côté le plus pro-
fond.

« C'est vraiment un endroit inouï, hein ? » dit
Enid.

Elizabeth l'approuva de la tête et regarda autour
d'elle. Elle reconnut beaucoup d'élèves de Sun Valley : Clara Walker, l'une des grandes copines de Jessica, en conversation avec Bill Chase, le champion
de surf du lycée ; Neil Freemount, qui avait attentivement regardé Elizabeth et Todd à leur approche,

42

hésitant sans doute à reconnaître ou non Jessica ; et Caroline Pearce, qui parlait avec volubilité à Lila Fowler. Allongée sur une chaise longue, Lila avait l'air de s'ennuyer à mourir — son expression habituelle, semblait-il.

« Regarde, voilà Regina ! s'exclama Elizabeth en donnant un coup de coude à Todd. Et tout ce que je vois avec elle en fait d'homme d'âge mûr, c'est son frangin Nicholas ! ajouta-t-elle en pouffant.

— Par contre, je constate que Bruce a invité sa panoplie de nanas plus vieilles que lui, observa Enid.

— Typique, dit Elizabeth en riant. On se demande où il les déniche.

— J'aimerais bien savoir aussi où il a dégotté son maillot de bain, railla George. Je n'ai jamais rien vu d'aussi minuscule.

— Oui, on dirait une vignette, commenta Todd en s'esclaffant. Tiens, que fait Olivia, là-bas toute seule ? »

Elizabeth tourna la tête. Olivia était en effet assise à l'écart, l'air mal à l'aise. Vêtue d'une robe bain de soleil légère, elle triturait nerveusement les perles de son collier.

« Attends-moi une seconde, déclara Elizabeth à Todd. Je vais lui parler. »

Et elle se rapprocha de leur camarade.

« Tiens, salut, Liz ! dit Olivia en renvoyant ses cheveux bruns en arrière. Tu es super, comme ça.

— Toi aussi, assura Elizabeth. Et où est passé Roger ? » poursuivit-elle en s'installant sur une chaise à côté de son amie.

Olivia haussa les épaules.

« Il accueille ses invités, je suppose. »

Alertée par son expression, Elizabeth se pencha davantage vers elle.

« Quelque chose ne va pas ? » demanda-t-elle avec douceur.

Olivia soupira, resta un long moment silencieuse.

« Oh, ce n'est rien de bien grave, dit-elle enfin. J'ai l'impression que je me suis couverte de ridicule, c'est tout.

— C'est-à-dire ? »

Olivia haussa de nouveau les épaules. Elle avait parlé d'un ton neutre, mais on lisait de la peine dans son regard.

« Eh bien, pour commencer, je me suis pointée avec trois quarts d'heure d'avance. Roger m'avait dit il y a quelques jours qu'il voulait que j'arrive tôt ici, pour pouvoir me présenter avant l'arrivée des invités. Et j'étais un peu nerveuse, tu comprends ? »

Elizabeth hocha la tête.

« Bref, Roger a plus ou moins oublié qu'il m'avait demandé ça. Quand je suis arrivée, il était en haut, en train de s'habiller, et c'est Mme Patman qui a répondu.

— Et alors ? Qu'est-ce qui s'est passé ? »

Le visage d'Olivia se décomposa.

« Oh Liz, c'était affreux, murmura-t-elle. Elle m'a dévisagée et puis elle a dit un truc du style : "Mais qui c'est ça ?" Elle me toisait comme si j'étais un livreur ou Dieu sait quoi.

— Ne te laisse pas impressionner par elle, dit Elizabeth. Tu es la copine de Roger et elle peut penser ce qu'elle veut, ça n'a aucune importance. Je t'assure.

— Oh Liz ! s'exclama Olivia. J'espère que tu as raison ! »

« Laissez, je vais m'en charger, madame Patman », proposa Jessica avec obligeance.

C'était la première fois qu'Elizabeth voyait sa jumelle se comporter de cette façon. Jessica avait même demandé à être présentée aux adultes invités au barbecue ! Le client de M. Patman, M. Ferguson, était assis auprès de sa femme à l'ombre d'un parasol et regardait autour de lui d'un air agacé. Jessica poussa la complaisance jusqu'à aller s'asseoir auprès du couple et lorsque Elizabeth passa devant le petit groupe, elle entendit Mme Ferguson décréter, tout en ôtant sa capeline à larges bords, que les jeunes d'aujourd'hui étaient des écervelés. « Je suis de votre avis, hélas », répondit sa jumelle d'un ton catastrophé.

« Tu ne m'as pas adressé la parole de toute la journée, se lamenta Neil Freemount en abordant Jessica qui, allant de table en table, entassait les verres de limonade vides sur un grand plateau en argent.

— Ce n'est pas le moment, Neil, souffla Jessica. J'aimerais aider Mme Patman à ranger ces verres sales », reprit-elle en élevant la voix. Et pour faire bonne mesure, elle sourit à Mme Ferguson.

« Jessica Wakefield est ravissante et adorable, vous ne trouvez pas ? » observa Mme Patman.

Roger, qui se trouvait à portée de voix, ne sut s'il devait ou non lui répondre.

« C'est un plaisir de l'avoir auprès de soi, ajouta sa tante. Roger, mon chéri, rappelle-moi donc le nom de ta petite camarade qui est arrivée ici si en avance, ce matin.

— Olivia », répondit Roger dans un soupir. Décidément, les conversations avec sa tante étaient ce qu'il y avait de plus désagréable dans sa nouvelle vie.

« Tu dis Olivia, mon chéri ? Est-ce que nous connaissons la famille ?

— Je ne pense pas, tante Marie, marmonna Roger.

— Madame Patman, je vous prie de m'excuser, mais où puis-je poser ça ? intervint Jessica qui soutenait à grand-peine le plateau chargé de verres.

— Mon Dieu, Jessica, que c'est gentil ! s'exclama Mme Patman. N'est-ce pas, Roger ? Venez donc avec moi, mon petit, je vais vous montrer où nous mettons la vaisselle. Roger, tu veux bien nous excuser ? »

Jessica suivit Mme Patman sur l'allée pavée, jusqu'à l'entrée latérale de la cuisine. Ses joues la tiraillaient à force de sourire et le plateau pesait lourdement sur ses bras. « *J'espère qu'elle apprécie mon geste et que je ne me suis pas crevée pour rien*, songeait-elle.

« Je ne saurais vous dire à quel point vous êtes serviable, mon petit, déclara Mme Patman pendant que Jessica déposait son fardeau. Venez donc prendre un peu de limonade avec moi dans la salle du petit déjeuner. Ça vous rafraîchira. »

Jessica n'avait pas la moindre envie de reprendre de la limonade. Mais le moment était mal choisi pour refuser.

« Très volontiers », déclara-t-elle avec un entrain forcé.

Elle suivit Mme Patman dans la vaste pièce à poutres de chêne qui était contiguë à la cuisine et s'installa à table en face d'elle.

« Tenez, buvez, mon petit », dit la tante de Roger en lui tendant un grand verre.

Jessica avala une petite gorgée. « C'est délicieux », parvint-elle à dire. Mme Patman se renversa sur sa chaise et sourit de toutes ses dents à son invitée. Elle resta même si longtemps figée dans cette attitude que Jessica en vint à se demander s'il ne se passait rien d'anormal.

« Il est bien agréable de pouvoir rencontrer tous les amis de Roger avant la réception au club », dit enfin Mme Patman.

Elle leva la main pour se lisser les cheveux et Jessica ne put que remarquer l'énorme solitaire qui lui recouvrait la totalité d'une phalange.

« Dites-moi, demanda soudain Mme Patman en se penchant en avant, êtes-vous une amie intime de Roger ? Nous aimerions tant connaître ses *véritables* copains, comprenez-vous.

— Je ne demanderais pas mieux, répondit Jessica dans un soupir. Mais Roger est tellement occupé, vous savez. Il travaille beaucoup et puis il consacre pas mal de temps à la course à pied.

— Oui, la course, dit Mme Patman en dilatant les narines avec dédain. Une épouvantable habitude, si vous voulez mon avis. Nous espérons qu'il se décidera pour un sport un peu plus social. Le tennis serait parfait, vous ne trouvez pas ? Bruce est un joueur merveilleux.

— J'adore le tennis, c'est mon sport préféré », dit Jessica avec élan.

Mme Patman plissa les paupières.

« Dites-moi, Jessica, reprit-elle, vous savez sans doute qui sont les amis intimes de Roger ? Je tiens à m'assurer qu'il fréquente des gens bien, maintenant qu'il fait partie de notre famille.

— Je ne le sais pas vraiment, biaisa Jessica, évasive.

— Eh bien, voyons, cette Olivia, par exemple ? Est-elle de vos amies ?

— Euh, non, madame. J'ai toujours trouvé qu'elle était un peu trop timide, avoua Jessica.

— C'est aussi mon avis ! s'exclama Mme Patman comme s'il était criminel d'être timide. Je vois que vous êtes assez discrète pour ne rien en dire, Jessica, mais cette Olivia est très bizarre, n'est-ce pas ? Ce n'est pas le genre de fille qui pourrait aider Roger. Alors qu'il a tant de choses à apprendre, maintenant... si vous saisissez de quoi je veux parler.

— Je crois que oui », dit Jessica baissant les paupières.

Mme Patman lui sourit avec complaisance.

« Nous nous comprenons bien toutes les deux, n'est-ce pas ? » demanda-t-elle. Elle joignit les mains et poursuivit sans attendre de réponse. « Je voudrais tant que Roger se sente à son aise. Il serait si bien qu'il puisse trouver une compagnie un peu plus convenable. Vous, vous pourriez sans doute l'aider, Jessica.

— C'est très gentil de me dire ça, madame Patman, déclara Jessica avec une feinte naïveté. Mais je ne vois vraiment pas comment...

— Eh bien, par exemple, je serais enchantée de vous voir accompagner Roger à la réception que nous donnons au club dans quinze jours. Vous feriez un très beau couple. »

Jessica se leva, rayonnante.

« Rien ne me ferait davantage plaisir », déclara-t-elle.

Elle était transportée de joie. Comment ! Mme Patman voulait qu'elle soit la cavalière de son neveu à la grande réception du Country Club ! Autant dire que la partie était déjà à demi gagnée. « *Maintenant*, songea Jessica, *tout ce qu'il me reste à faire, c'est de prouver à Roger qu'Olivia n'est pas la fille qu'il lui faut. Et je vais m'y mettre dès cet après-midi. L'occasion m'a tout l'air d'être excellente* », conclut-elle pour elle-même avec un petit sourire satisfait.

5

*E*lizabeth sortit de la pis-
cine et essora sa queue de cheval détrempée d'eau.
C'est alors qu'elle vit Lila Fowler et Caroline Pearce
aborder Regina dans le patio des Patman. « *Tiens,
tiens. Ne nous gênons pas pour tendre l'oreille* », se
dit-elle en s'emparant d'une serviette. Elle se sécha
sans hâte, prolongeant l'opération le plus longtemps
possible, pour rester à portée du groupe.

« Regina, comment ça se fait que tu n'as pas
amené ce beau type avec toi ? demanda sournoise-
ment Lila. Je disais à l'instant à Caroline qu'il était
fabuleux... enfin, si on aime les hommes mûrs. »

Regina rougit.

« Je... je ne vois pas de qui tu parles, balbutia-
t-elle. Quel homme ? »

Lila rit, renvoyant en arrière d'un mouvement de
tête ses boucles brunes.

« Ça va, Regina, dit-elle d'un ton de reproche, ne
joue pas les cachottières. On dirait Paul Newman »,

déclara-t-elle à Caroline qui buvait avidement chaque mot.

Le regard de Regina allait fébrilement des lèvres de Lila à celles de Caroline, comme si elle redoutait de ne pas tout saisir.

« Je ne comprends pas de quoi vous parlez », insista-t-elle.

Lila secoua la tête.

« C'est moche de ta part d'être aussi discrète avec nous, Regina, dit-elle avec froideur. Tu as honte de tes copains, ou quoi ? » Et son expression signifiait : « *Tu as honte de toi-même.* »

« *Ah ! mince*, songea Elizabeth qui se hâta de rejoindre Enid et Todd. *On dirait que j'avais raison de me méfier de Lila. Maintenant que Caroline Pearce est au courant de l'histoire, tout Sun Valley ne va pas tarder à jaser !* »

Toujours au bord de la piscine auprès d'Elizabeth et de Todd, Enid s'aspergea les bras d'eau fraîche.

« Hum-hum, fit-elle après qu'Elizabeth eut expliqué la situation. Alors, vous avez tous les deux vu Regina en ville avec un beau mec sur la quarantaine et vous croyez que Lila les a aperçus en même temps ?

— Maintenant, j'en suis sûre, constata sans joie Elizabeth. Ce qui m'inquiète, c'est que Lila va le dire à d'autres que Jessica et Caroline. Ce serait bête que Regina se retrouve confrontée à un tas de cancans stupides. Elle vient à peine d'arriver, et en plus c'est une chic fille. »

Enid paraissait intriguée.

« Tu sais que je n'aime pas beaucoup Lila Fowler, avoua-t-elle, mais je ne vois pas très bien pourquoi elle voudrait causer des ennuis à Regina. Qu'est-ce que tu crois qu'elle manigance, Liz ? »

Elizabeth, qui agitait dans l'eau ses longues jambes bronzées, eut une expression pensive.

« Je n'en sais rien, Enid, admit-elle. Mais pour être franche, je trouve que Lila n'a pas très bien accueilli l'arrivée de Regina. Peut-être qu'elle se sent menacée par elle.

— Menacée par Regina ? s'interrogea Enid.

— Ça tient debout, déclara Todd. Lila est l'un des nanas les plus friquées de la ville et elle est habituée à être considérée comme telle. Depuis que Regina a débarqué, elle n'est plus la seule riche héritière du lycée.

— Oui, c'est vrai. Et en plus, Regina est belle, ajouta Enid.

— Et sympa, souligna Elizabeth. Et intelligente. Et elle a du charme.

— Ça se corse ! s'exclama Enid.

— Je suis d'avis qu'on redouble notre surveillance », déclara Todd.

Elizabeth secoua la tête.

« Je ne suis pas d'accord. Je pense qu'on est déjà allés trop loin en jouant les détectives. D'abord, ça ne nous regarde pas. Ensuite, on pourrait aggraver les choses, si on se met à suivre Regina et que les gens s'en aperçoivent. Lila a dû flairer quelque chose parce qu'elle nous a vus en ville.

— Liz a raison, Todd », approuva Enid.

Todd parut si désappointé qu'Elizabeth éclata de rire.

« Très bien, Sherlock, s'écria-t-elle en l'aspergeant d'eau, on te trouvera une autre enquête pour te consoler ! »

Todd rit à son tour et lui ébouriffa les cheveux.

« En attendant, dit Elizabeth en reprenant son sérieux, je trouve qu'il est important de montrer à Regina qu'on est de son côté. Si Lila Fowler cherche à répandre des rumeurs sur son compte, on ne sera pas de trop pour la soutenir.

— Dites donc, vous n'avez pas faim ? intervint George qui revenait du buffet avec une assiette en carton débordante de nourriture.

— Si, j'ai la dalle », avoua Todd. Il se mit debout et tira Elizabeth par la main pour l'aider à se relever. « Connaissant les Patman comme on les connaît, la bouffe doit être super ! »

Todd avait raison. Les victuailles disposées sur le buffet offraient un spectacle étonnant : assiettées de hamburgers et de hot-dogs à peine sortis du grill, bols de salade mélangée et de chou cru, toutes sortes de fruits, des fraises aux melons en passant par les mangues ; et à part, en bout de table, un assortiment de desserts appétissants.

« Ça a l'air délicieux ! s'exclama Olivia.

— Oui, hein ? » approuva Jessica en lui passant une serviette en papier.

Elle se servit une grosse cuillerée de salade. Puis Olivia prit à son tour la cuiller. Elle hésita sur la quantité qu'il convenait de prendre.

« Tu sais, Jessica, je voudrais bien te ressembler », dit-elle.

Tout en déposant un hamburger sur son assiette, Jessica se détourna pour la dévisager. Olivia rougit sous son regard pénétrant.

« Tu es tellement sûre de toi, expliqua-t-elle. Moi, ce genre de réception me rend toujours un peu nerveuse. »

Se rendant compte qu'elle fixait Olivia, Jessica se reprit et reporta son attention sur le buffet. Elle choisit une pêche dans la corbeille à fruits, tout en réfléchissant. Elle venait de s'aviser que le meilleur moyen d'évincer Olivia était peut-être de faire semblant de l'aider. Puisque Olivia l'admirait, elle lui proposerait ses conseils. Bien entendu, si les conseils en question ne se révélaient pas payants, personne ne pourrait jamais l'en rendre responsable... Un petit sourire rusé se dessina sur les lèvres de Jessica.

« Tu devrais te détendre », dit-elle à Olivia tout en prenant une serviette et des couverts en plastique.

Et, soulevant habilement d'une main son assiette pleine, elle adressa à sa camarade son sourire le plus sincère.

« Tu crois que je peux déjà prendre mon dessert ? » demanda Olivia avec hésitation.

Jessica n'avait encore vu personne se servir de dessert. Mais Olivia avait dit qu'elle souhaitait avoir plus d'assurance, non ?

« Bien sûr, répondit-elle avec chaleur. Attends, je vais te passer une autre assiette.

— Je ne sais pas si je devrais, Jessica. Personne n'a emporté deux assiettes.

— Oh allez, Olivia ! dit Jessica avec impatience. C'est la fête. La seule règle, c'est d'être naturel et de bien s'amuser.

— Bon, d'accord », céda Olivia à contrecœur.

Elle entassa sur sa soucoupe à dessert des fruits et des biscuits au chocolat.

« Viens, on va rejoindre les autres », dit Jessica.

Elle traversa la pelouse en direction des tables ombragées de parasols aux rayures vives. Olivia la suivit d'un pas lent, portant avec précaution ses deux assiettes.

« Ohé, les filles ! Par ici ! » lança Neil Freemount en se levant pour tirer une chaise à Jessica.

Olivia rejoignit la table à son tour. Elle maintenait maladroitement son fardeau et regarda d'un air impuissant la chaise vide qui l'attendait.

« On dirait que tu as besoin d'un coup de main, Olivia, lâcha Bruce sans pour autant se hâter de lui venir en aide. Dites donc, regardez-moi ça ! s'exclama-t-il à l'intention de la tablée. Il n'y a qu'une nana pour avoir autant d'appétit !

— Je vais t'aider, Olivia », dit Jessica en se levant.

Olivia était aussi rouge qu'une pivoine. Tout le monde la regardait. « *Pourquoi est-ce que je fais toujours tout de travers ?* » se demandait-elle. Jessica lui prit les deux assiettes des mains et les posa sur la table, sans hâte, pour accentuer la bizarrerie de la situation. Puis elle se rassit et se tourna vers Neil comme si de rien n'était. Ce ne fut cependant pas sans s'être assurée du coin de l'œil que Roger était au moins aussi gêné qu'Olivia. Jessica sourit à Neil avant de s'attaquer à son hamburger. Son petit plan semblait démarrer à la perfection.

Jessica s'attacha aux pas d'Olivia pendant tout le reste de la journée.

« Allons nous baigner, lui dit-elle quelque temps après le repas.

— Je ne sais pas trop », dit Olivia, hésitante. Et elle regarda du côté de Roger.

« Allez, viens, lui souffla Jessica à voix basse. Neil et Roger nous suivront, si on se jette à l'eau.

— D'accord », céda Olivia.

Elle suivit Jessica jusqu'à la piscine et s'attarda

sur le rebord, admirative, pour regarder sa camarade effectuer un plongeon irréprochable. Elle était si séduisante dans son une-pièce noir que, tout à coup, Olivia regretta d'avoir mis une fois de plus le vieux bikini de coton que Roger n'avait que trop vu.

Jessica refit surface, ramenant en arrière de la main les mèches blondes plaquées sur son visage.

« Allez, on fait un concours de plongeon ! » lança-t-elle en battant l'eau de ses bras.

Comme elle l'avait prévu, Neil et Roger les avaient rejointes.

« Chiche ! » cria Neil en s'élançant du haut du plongeoir.

Debout près d'Olivia, Roger lui jeta un regard interrogateur.

« Tu sais plonger ? » lui demanda-t-il.

Olivia fit la grimace.

« Je ne suis pas une championne », reconnut-elle.

Roger lui sourit.

« Pas grave, dit-il. Allez, viens, on ne va pas leur laisser croire qu'on ne sait pas nager ! »

Olivia resta muette. Jessica lui avait dit d'être naturelle. Oui, mais si ce n'était pas suffisant ? Pas assez bien ? Roger plongea impeccablement dans la piscine, rejoignant Neil et Jessica.

« Allez, à toi, Olivia ! » criait Jessica d'un ton encourageant.

Olivia regarda le groupe, émit un soupir. « *Oh bon, à-Dieu-vat !* » songea-t-elle en grimpant sur le plongeoir et en s'avançant vers le bord. Elle inspira profondément, tendit les bras et sauta. La seule chose dont elle eut conscience ensuite fut d'avoir heurté avec violence la surface de l'eau. Elle avait du liquide dans la bouche, le nez, les yeux ; elle refit surface en suffoquant et crachant, au bord des larmes.

« Olivia, ça va ? cria Jessica en se portant à ses côtés. Roger, elle s'est fait mal ! »

Alertés par ses cris, plusieurs élèves plongèrent au secours d'Olivia.

« Je n'ai rien, insistait cette dernière pendant que Roger et Neil l'aidaient à sortir de la piscine.

— C'est ma faute, déclara Jessica. Oh, Olivia, je suis désolée !

— Ce n'est la faute de personne et je vais parfaitement bien », affirma Olivia. Elle sourit faiblement à Roger. « Je crois que je vais m'en tenir à la bronzette pour le reste de l'après-midi.

— Tu as raison, approuva Jessica en essorant ses cheveux. Bon, je vais aller me changer. Enfin, si tu es sûre que ça va.

— Je me sens très bien », assura Olivia.

Jessica lui adressa un dernier sourire avant de s'éloigner sur la pelouse, en direction de l'abri-cabine. L'après-midi se déroulait encore mieux qu'elle ne l'avait espéré.

« Dis donc, Jess, commença Bruce Patman d'une voix traînante, en s'adossant à l'abri et en détaillant d'un air appréciateur la silhouette de Jessica, moulée dans son nouveau maillot. Si tu en as fini avec ton numéro de plongeon, qu'est-ce que tu dirais d'une partie de tennis ?

— Merci bien », refusa Jessica.

Bruce avait perdu toute séduction à ses yeux depuis belle lurette et désormais, sa seule vue suffisait à la rembrunir.

« Qu'est-ce qu'il y a ? Les étudiantes ne te suffisent plus, ces temps-ci ? ajouta-t-elle sarcastique.

— Oh ça va, Jess, plaida Bruce. Le passé est le passé, comme on dit. Rien qu'une petite partie !... »

Jessica coula un regard sur la raquette de Bruce et eut une idée.

« Pas maintenant, lui dit-elle en s'efforçant de prendre un ton poli. Je suis fatiguée. D'ailleurs, ce serait plus marrant de jouer en double. Une autre fois, peut-être.

— Chiche ! s'écria Bruce. On jouerait contre qui ? »

Jessica fit semblant de réfléchir.

« Si on demandait à ton nouveau cousin ? » proposa-t-elle d'un air innocent.

Bruce eut une moue de dédain.

« Dis donc, ironisa Jessica, tu as peur qu'il te démolisse, ou quoi ?

— Tu rigoles », rétorqua Bruce, mordant à l'appât.

Il était capitaine de l'équipe de tennis du lycée et ne redoutait certes pas de se faire battre par Roger dans ce domaine.

« En y réfléchissant, reprit-il, le sourire aux lèvres, ce ne serait pas une si mauvaise idée.

— Il nous faudra un quatrième, lui rappela Jessica. Si on demandait aussi à Olivia de jouer avec nous ? »

Bruce la regarda d'un air soupçonneux.

« Je ne sais pas ce que tu mijotes, Jess, mais on dirait que tu ne tiens pas à avoir de la compèt' », observa-t-il d'une voix traînante.

Jessica sourit.

« On les ménagera, hein, Bruce ? »

Bruce secoua la tête.

« Si tu veux jouer avec Roger et Olivia, on jouera avec Roger et Olivia, dit-il. Mais je ne fais de cadeau à personne. »

Jessica haussa les épaules.

« Comme tu voudras, dit-elle avec insouciance. La partie a lieu quand ?

— Jeudi après les cours, décréta Bruce. Tu ferais bien de donner quelques tuyaux à Olivia d'ici là », ajouta-t-il.

« *Oh, compte sur moi là-dessus* », songea Jessica avec un petit sourire en coin.

« Je te laisse arranger ça avec eux », reprit-elle à voix haute en dépassant Bruce et en entrant dans l'abri.

« *L'affaire est dans la poche, Jessica* », dit-elle en s'adressant à la silhouette qui se reflétait dans le miroir de la cabine. « *Olivia aura son compte avant d'avoir compris ce qui lui arrive !* »

6

« *J*ess, téléphone ! annonça Elizabeth en posant la main sur le récepteur. C'est Olivia Davidson. »

Le visage de Jessica s'éclaira et elle saisit le combiné.

« Merci, Liz. Olivia ! s'exclama-t-elle en se détournant pour se dérober aux regards intrigués de sa sœur. Comment tu vas ? »

Les jumelles étaient installées au rez-de-chaussée, dans le grand et confortable salon familial des Wakefield, et regardaient un film au magnétoscope. Elizabeth baissa le volume et se cala sur le divan, tendant l'oreille. D'ordinaire, elle était très respectueuse de l'intimité de sa sœur. Cependant, en cet instant précis, elle n'avait nulle intention de se retirer. « *Il y a quelque chose dans l'air* », songeait-elle. Jessica et Olivia avaient passé beaucoup de temps ensemble la veille, au barbecue des Patman. A dire vrai, Jessica avait paru rechercher avec excès la compagnie d'Olivia. Elizabeth aimait beaucoup sa sœur, mais elle la connaissait trop bien pour ignorer qu'elle n'était pas du genre à s'intéresser à une fille comme Olivia. A moins d'avoir pour cela une raison impérieuse. « *Mais qu'est-ce que Jessica peut bien vouloir à Olivia Davidson ?* » se demandait Elizabeth en observant sa jumelle avec inquiétude.

« Vraiment ? Au tennis jeudi ? s'exclamait Jessica dont le visage accusait une surprise artificielle. C'est super, Olivia. »

Elle resta un instant à l'écoute puis secoua la tête d'un air impatienté.

« Ne te tracasse pas pour ça, déclara-t-elle fermement. Moi aussi, il y a une éternité que je n'ai pas joué. Je dois être plutôt rouillée. »

Elizabeth dressa l'oreille. Jessica, rouillée ? Au tennis ? Allons donc ! Elle fut tentée de rire, mais son intuition lui soufflait qu'il n'y avait sans doute guère de quoi. Jessica était une joueuse exceptionnelle ; sa modestie inaccoutumée paraissait bien étrange.

« Oh, je ne sais pas, poursuivait Jessica d'un ton vague tout en entortillant le fil du téléphone autour de son doigt. Non, tu n'as pas besoin de mettre une tenue spéciale. Hé, attends, je sais ce qu'on va faire ! On va aller au centre commercial demain après les cours ! Il paraît qu'il y a des soldes au *Tennis Shop*. »

Elle se tut pendant qu'Olivia lui parlait, à l'autre bout de la ligne.

« Génial, répondit-elle ensuite avec chaleur. Je te retrouve là-bas. »

« Qu'est-ce que c'était que toute cette salade ? demanda Elizabeth en poussant la touche « arrêt » de la télécommande.

« — Liz, qu'est-ce que tu fabriques ? protesta Jessica. On arrivait juste au moment intéressant !

— John Travolta attendra, décréta Elizabeth. Je veux savoir pourquoi tu t'occupes tellement d'Olivia Davidson, tout à coup. »

Jessica haussa les épaules.

« Dis donc, c'est interdit ? Tu n'es pas la seule à t'intéresser aux autres, figure-toi. »

Elizabeth rougit. Elle n'avait aucun désir de jouer les bons Samaritains.

« Bon, bon, d'accord, concéda-t-elle. Mais comment ça se fait, subitement, qu'Olivia ait besoin de ton aide ? »

Jessica réfléchit à toute vitesse.

« Je crois que Lila Fowler court toujours après Roger, improvisa-t-elle. Et tu connais Lila... On ne peut pas dire que ce soit un cadeau, comme rivale. Alors, j'ai pensé que je pourrais filer un ou deux tuyaux à Olivia. Lila ne mérite pas d'avoir Roger. Surtout pas après la façon dont elle l'a traité lorsqu'elle croyait qu'il n'était qu'un vulgaire portier !

— Je suis bien d'accord, admit Elizabeth. Mais je ne comprends pas que Lila s'intéresse encore à lui. Et puis il est évident qu'il est fou d'Olivia.

— Tu as raison, approuva Jessica. Tout ce que je veux, c'est que Roger n'ait pas l'idée de changer d'avis. C'est un Patman, maintenant, il ne faut pas l'oublier.

— Eh ben, c'est rudement chic de ta part, Jess. »

Elizabeth secoua la tête, étonnée. Elle scruta le visage innocent de sa sœur, songea que Jessica commençait peut-être à se montrer plus respectueuse des sentiments des autres. Pourtant, elle ne pouvait dominer une sensation de malaise. La générosité inhabituelle de sa jumelle ne manquait pas de l'intriguer. Et si Jessica obéissait à de tout autres motifs que ceux de la simple amitié ?

« Bon, on peut regarder la suite du film, maintenant ? » demanda sa jumelle.

Elizabeth soupira, remit le magnétoscope en marche et s'installa plus profondément dans le canapé. Apparemment, la discussion était close.

Lundi après-midi, allongée sur la pelouse en pente du lycée, Elizabeth paressait au soleil. Enid et Todd étaient installés non loin d'elle. Le dernier cours de la journée venait de s'achever et des dizaines d'élèves avaient pris place sur le campus, bavardant entre amis, faisant une pause avant de s'adonner à leurs activités extra-scolaires.

Soudain, Elizabeth se redressa, plaçant une main en visière devant ses yeux.

« Dis donc, Todd, observa-t-elle en repérant un bel homme, de haute taille, en costume gris, qui s'avançait dans leur direction. Ce n'est pas le type qu'on a vu en ville avec Regina ?

— Oui, c'est bien lui », confirma Todd.

L'inconnu avait garé sa voiture — une superbe Ferrari beige — sur le parking adjacent au lycée. Puis il s'était engagé sur la pelouse envahie de monde. Il examina le décor qui s'offrait à lui d'un air investigateur et préoccupé.

« Je me demande s'il cherche Regina, s'interrogea Enid.

— Je ne la vois nulle part, dit Todd en survolant la pelouse du regard.

— Oh, oh ! On n'est pas les seuls à l'avoir repéré, j'ai l'impression », constata Elizabeth.

Lila Fowler, en route vers le parking avec Clara Walker, s'était détournée de son chemin et dévisageait l'homme qui traversait la pelouse. Elle se dirigea vers lui, l'aborda.

« Puis-je vous aider ? l'entendit-on demander.

— Eh bien, oui, peut-être », lui répondit l'inconnu.

Vu de près, il était plus beau encore qu'Elizabeth ne l'avait pensé lorsqu'elle l'avait aperçu en ville, la semaine précédente. Il avait de larges épaules, une silhouette longiligne et athlétique, des cheveux sombres et ondulés qui s'argentaient légèrement aux tempes. Et le bleu de ses yeux était surprenant.

« Connaissez-vous Regina Morrow ? demandat-il à Lila. Je devais la retrouver ici à quinze heures trente. »

A cet instant précis, Regina aperçut l'inconnu.

« Salut, Lane ! » s'écria-t-elle en s'élançant à sa rencontre.

L'homme lui sourit.

« Laisse-moi me charger de ça, dit-il d'un ton protecteur en prenant les livres de Regina. Merci de votre aide », ajouta-t-il à l'intention de Lila.

Regina et son compagnon traversèrent la pelouse, en direction de la Ferrari beige. L'inconnu aida Regina à monter en voiture. Quelques secondes plus tard, il fut installé à son tour sur le siège du conducteur et ils partirent. Elizabeth et Todd échangèrent un regard atterré.

« La vache ! fit Todd. Ça doit être le jour de veine de Lila. »

Elizabeth hochait la tête. Pas de doute : Lila regardait s'éloigner la Ferrari avec un demi-sourire de triomphe.

« Ils sont bien pressés, ces deux-là. Je me demande où ils vont », observa-t-elle en élevant la voix pour être sûre d'être entendue de tous les élèves rassemblés sur la pelouse.

Puis elle reprit sa route vers le parking, agitant son porte-clefs en or au bout des doigts.

« Allez, viens, Clara, jeta-t-elle avec hauteur.

— Dis, Lila, c'était *lui* ? » demanda Caroline Pearce en surgissant auprès des deux amies.

Lila lui décocha un sourire impérieux.

« Pour ça, oui », déclara-t-elle.

A son avis, Regina Morrow venait de porter un sérieux coup à sa propre réputation.

A quatre heures précises, Olivia retrouvait Jessica devant *The Tennis Shop*.

« Tu t'habilles d'une manière originale », dit Jessica en détaillant du regard la jupe enveloppante d'Olivia, sa blouse indienne et ses sandales de cuir.

Olivia se regarda avec gêne. Quelques semaines plus tôt, elle serait restée indifférente à n'importe quel commentaire sur sa façon de se vêtir. Mais depuis quelque temps, elle devenait sensible sur ce sujet.

« Merci, dit-elle d'une voix mal assurée. J'ai trouvé cette jupe dans un magasin de troc du centre ville.

— *Vraiment !* observa Jessica. Bon, si on entrait voir ce qu'ils ont comme vêtements de tennis, là-dedans. »

Vingt minutes plus tard, Olivia sortait de la cabine d'habillage, gauche dans le short blanc amidonné et le polo assorti que Jessica avait sélectionnés pour l'essayage.

« Franchement, Jessica, ça ne m'emballe pas, dit-elle. On dirait que ce n'est plus moi. »

Jessica tourna autour d'Olivia, l'examinant d'un œil critique.

« Oui, tu as peut-être raison, admit-elle. Au fond, tu n'as pas besoin de mettre une tenue de tennis. Ça fait un peu drôle sur toi, non ?

— Je vais mettre mon short de gym, un point c'est tout, déclara Olivia.

— Voilà ! C'est comme ça qu'il faut réagir ! s'écria Jessica. Ce que tu portes n'a aucune importance, du moment que tu te sens bien dedans. »

Olivia regarda le reflet que lui renvoyait le miroir à trois faces et agita ses boucles brunes, secouant la tête.

« Je ne suis pas Brooke Shields, évidemment », dit-elle en riant.

Elle aperçut le prix sur l'étiquette qui dépassait du short et ajouta en son for intérieur : « *Et je ne touche pas ses cachets non plus.* »

« De toute manière, on va bien se marrer, demain, assura Jessica en la suivant dans la cabine.

— Je me le demande, observa Olivia d'un ton dubitatif en ôtant le short et en le replaçant avec soin sur son cintre. Je ne suis pas fortiche en tennis. Tu es bien *sûre* que tu n'as pas joué depuis longtemps ?

— Et comment ! mentit Jessica. De toute façon, j'ai demandé à Bruce d'y aller mollo, ajouta-t-elle effrontément en se gardant de mentionner la réponse qu'il avait réservée à sa requête. Je te l'ai déjà dit, Olivia, il faut juste te détendre et bien t'amuser. »

Jessica prit le polo qu'Olivia venait de retirer et le replia proprement.

« Et puis, reprit-elle d'un ton de conspiratrice, tu

dois montrer aux Patman que tu peux leur donner la réplique. »

« *Si tu ne peux pas*, songea Jessica en son for intérieur, *autant que Roger soit fixé tout de suite. Comme ça, il sera libre pour quelqu'un qui le peut. Quelqu'un comme moi.* »

« On s'arrête une minute voir ce qu'il y a chez *The Designer Shop* ? suggéra Jessica alors qu'elle ressortait avec Olivia dans le centre commercial.

— Pourquoi ? C'est un peu cher, non ?

— Je l'ignore, lâcha Jessica avec insouciance. Mais je me disais que vous aviez une sortie assez spéciale en vue, Roger et toi. »

Olivia la dévisagea d'un air interdit.

« Tu veux dire la soirée au Country Club ?

— Évidemment ! s'exclama Jessica avec impatience. Tu sais, Olivia, il y a une masse de gens qui comptent sur Roger et sur toi pour faire bonne impression.

— Je m'en doute », marmonna Olivia.

Jusque-là, elle n'avait pas songé à cet aspect des choses. Pour tout dire, Olivia, qui avait constitué quelques économies en faisant du baby-sitting, avait acheté, la semaine précédente, un beau tissu dans une boutique spécialisée du centre ville. Son intention était de dessiner et de coudre elle-même sa robe, pour avoir une toilette tout à fait originale. Elle ne s'était pas questionnée sur l'impression qu'elle produirait.

« Regarde, ce serait super sur toi ! » s'exclama Jessica en tâtant une robe vaporeuse, sans bretelles, mise joliment en évidence à l'intérieur de *The Designer Shop*.

Olivia regardait autour d'elle avec nervosité. Les

magasins de ce genre la mettaient mal à l'aise. Souvent, on n'aurait su dire qui était vendeuse et qui était mannequin. Olivia toucha la robe que lui désignait Jessica, s'efforçant de paraître enthousiaste. Alors qu'elle maniait le tissu soyeux, son regard tomba sur l'étiquette accrochée au corsage. *Deux cent quatre-vingt-dix dollars !* Mais qui pouvait se permettre de dépenser autant d'argent dans une robe pour ne la porter qu'une ou deux fois ?

« Je ne crois pas que c'est ce qu'il me faut, Jessica », dit-elle d'un ton ferme.

Jessica ne répliqua rien. Elle suivit Olivia hors de la boutique et laissa s'écouler quelques instants avant d'entamer la manœuvre suivante.

« Tu sais, Olivia, lâcha-t-elle, je ne devrais peut-être pas te le raconter, mais j'ai entendu Roger dire un truc à Todd, l'autre jour...

— Quoi ? » demanda aussitôt Olivia.

Jessica haussa les épaules.

« Oh, je ne pense pas que c'était sérieux de sa part, observa-t-elle d'un ton léger. C'est le genre de truc qu'on dit sans y penser. Il a sûrement déjà oublié.

— Jessica, *dis-moi* ce que c'était », insista Olivia, l'air angoissé.

Jessica poussa un soupir.

« Bon, d'accord, si tu y tiens, céda-t-elle, comme à contrecœur. Roger expliquait que sa tante lui menait la vie dure, en ce moment. Il disait que les choses seraient beaucoup plus faciles si tu... Enfin, tu sais bien, Olivia. Si tu faisais un peu attention au genre de trucs dont tout le monde se préoccupe. Les vêtements, par exemple. »

Olivia regarda fixement Jessica, le visage très pâle.

« Il a dit autre chose ? »

Jessica secoua la tête.

« Mais tu sais, observa-t-elle, tu devrais peut-être tenir davantage compte des sentiments de Roger. Les choses seraient sans doute moins difficiles pour lui si tu réfléchissais au genre de toilette qu'il aimerait que tu mettes. »

« *Jessica marque un point*, songea Olivia. *Roger a peut-être besoin de me voir changer, maintenant qu'il est un Patman. Il attend peut-être que je sois différente et que je me comporte autrement.* »

« *Ou alors*, songea-t-elle encore avec une sensation de gêne, *il faudrait qu'il ait une copine dont il n'aurait pas honte devant sa nouvelle famille. Dans le fond, je ne suis peut-être pas assez bien pour Roger Patman.* »

7

«*C*e qu'il y a de conso-
lant, dans les repas qu'on sert dans cette cantine,
commenta Lila Fowler d'un ton grincheux en triturant son goulasch hongrois avec sa fourchette, c'est
qu'ils facilitent le régime. Jessica, je me demande
comment tu fais pour rester aussi mince, avec tout
ce que tu avales. »

Jessica engloutit une dernière frite et saisit son
quart de lait chocolaté.

« J'ai besoin de prendre des forces, ma chère Lila,
rappela-t-elle à son amie. Il va y avoir de la bagarre
sur le court des Patman, cet aprèm' ! »

Lila pouffa.

« Tu es impayable. Entre nous, ajouta-t-elle en
baissant la voix, j'espère que ton petit complot réus-
sira. Ça m'écœure de voir Roger avec Olivia. Je me
demande ce qu'il lui trouve.

— A mon avis, il ne tardera pas à la voir beaucoup moins », s'esclaffa Jessica. Elle avala sa der-

nière gorgée de lait et se pencha un peu plus vers Lila. « Ne dis rien à personne, surtout. Mais je te parie qu'il va bientôt changer de béguin et inviter une autre nana au bal du Country Club.

— Je me demande bien qui, dit Lila avec un petit sourire en coin. Au fait, à propos de bal, j'aimerais bien savoir si Regina Morrow compte venir avec son mystérieux inconnu.

— Raconte-moi ce qui s'est passé hier. Quand je pense que j'ai raté ça !

— Écoute, Jess, c'était inouï, confia Lila. Ils étaient littéralement *collés* l'un à l'autre ! J'avoue que ça me surprend un peu de la part de Regina. Enfin quoi, tout le monde sait ce que c'est avec les hommes mûrs ! Qu'on ne me dise pas qu'ils allaient faire leurs devoirs ! acheva-t-elle en pouffant.

— Lila, tu ne penses quand même pas qu'ils...

— Ben, et qu'est-ce que tu veux que ce soit d'autre ? interrompit Lila. Si tu les avais vus, tu en serais aussi sûre que moi.

— Vu qui ? intervint Caroline Pearce qui apportait son plateau et s'assit à côté de Lila.

— Personne », rétorqua Jessica. Confier un secret à Caroline ou le publier sur le panneau d'affichage, cela revenait à peu près au même.

« En fait, déclara Lila en tendant les mains devant elle pour contempler ses ongles effilés, on parlait de Regina et de son mec. »

Jessica adressa à son amie un regard quelque peu surpris. « *Elle veut que ça se sache, ma parole, si elle le raconte à Caroline* », songea-t-elle.

« Ah oui ? demanda avidement Caroline Pearce. Et alors ? »

Lila haussa les épaules.

« Tu sais comment c'est, avec les hommes mûrs. Ce qui m'étonne, c'est que Regina ait ce tempérament-là. En tout cas, on ne risque pas de les voir à la soirée des Patman. Ils ont sûrement mieux à faire », insinua-t-elle.

Caroline eut un haut-le-corps. « C'est incroyable ! » fit-elle. Et elle dévisagea tout à tour Jessica et Lila, secouant la tête.

« *Rien de tel qu'un peu de contre-publicité* », songea joyeusement Lila, certaine que dès avant la fin de la journée Caroline aurait raconté à tout le lycée que Regina Morrow était dans un sacré pétrin.

« A propos de la soirée des Patman, demanda Caroline, vous y allez avec qui ?

— Va savoir, déclara Lila, l'air ennuyé au plus haut point.

— On tient tous les mecs en haleine », ajouta Jessica en pouffant.

Caroline les regarda l'une et l'autre, puis soupira d'un air de regret.

« Dommage qu'Adam ne puisse pas venir, dit-elle d'un ton morne.

— Qui est Adam ? » demanda Lila. A sa connaissance, Caroline n'avait jamais eu de petit ami.

« Oh Lila, il est merveilleux ! explosa Caroline en renvoyant en arrière sa chevelure rousse. Il habite à Cold Springs, à deux heures de route d'ici. C'est pour ça qu'il ne peut pas venir à la soirée. Il ne peut pas se libérer, ce week-end.

— Et tu l'as rencontré comment ? Puisqu'il habite si loin, observa Jessica.

— Oh, on s'est connus à une soirée chez mes parents, il y a un mois. Son père bosse avec le mien.

Jessica, si tu savais ce qu'il est beau ! Il est très grand et il est super bara...

— Ça doit être difficile pour toi, étant donné qu'il n'habite pas ici, coupa Lila.

— Oh oui ! C'est désespérant, dit Caroline. Mais Adam écrit des lettres géniales. En fait, il m'écrit presque tous les jours. Il me téléphone beaucoup aussi. Mais ce qu'il y a de mieux, ce sont ses lettres. Elles sont si romantiques ! Adam est super.

— Alors, on le rencontre quand, ce type fabuleux ? demanda Lila.

— Bientôt, répondit Caroline en souriant avec béatitude. Il ne supporte plus qu'on soit séparés. »

« Tu aurais cru que Caroline Pearce pourrait avoir un copain, toi ? demanda Lila à Jessica dès qu'elles se furent éloignées pour déposer leurs plateaux.

— Il se passe des trucs de plus en plus bizarres dans le secteur, c'est sûr », commenta Jessica.

« Viens, on va s'asseoir avec Regina, suggéra Elizabeth à Todd en voyant leur camarade assise seule à la cantine.

— D'accord », répondit Todd.

Ils se dirigèrent vers Regina mais ils n'eurent pas le temps de déposer leur plateau. Caroline abordait déjà leur amie, de l'autre côté de la table.

« Ce n'est pas vrai, hein, Regina ? l'entendit-on demander. Tu ne veux sûrement pas aller trop loin avec un type qui est assez vieux pour être ton père ? »

Regina se leva brusquement, le visage rouge.

« S'il te plaît, reste, Regina, la pria Elizabeth en

lui faisant face pour qu'elle pût lire sur ses lèvres. On allait justement s'asseoir à côté de toi, Todd et moi.

— Désolée, il faut que je parte, je suis pressée », balbutia Regina en renversant sa chaise dans sa hâte à s'en aller.

« Mince, elle est vraiment sur les nerfs », commenta Todd en la regardant quitter le réfectoire, le nez rivé au sol.

Elizabeth secoua la tête.

« J'ai l'impression que toutes ces stupides salades commencent à l'ébranler, Todd. J'aimerais bien qu'on puisse l'aider. » Elle baissa le nez sur son assiette, secoua de nouveau la tête. « Je n'ai plus très faim », avoua-t-elle.

Todd lui pressa la main, par-dessus la table.

« On trouvera quelque chose », promit-il.

Elizabeth prit sa fourchette et entama son repas sans entrain. Quelque chose. Oui, mais quoi ?

« *Pile à l'heure* », songea Jessica en s'examinant dans le rétroviseur de la petite Fiat, garée dans l'allée latérale proche du garage des Patman. Elle vit Roger et Olivia venir vers elle, sur la pelouse. Elle nota avec satisfaction qu'Olivia portait un short de gym d'un bleu marine passé et un tee-shirt flottant. « *Heureusement que Lila m'a prêté ça* », se dit-elle en lissant sa robe de tennis et en admirant ses longues jambes dorées.

« Salut, Roger ! lança-t-elle gaiement en sortant de voiture. Salut, Olivia. Où est Bruce ?

— Il est déjà sur le court, il s'échauffe, expliqua Roger.

— Roger me faisait visiter les lieux », dit assez sèchement Olivia.

Jessica l'observa de plus près. Était-ce un effet de son imagination, ou y avait-il une note d'amertume dans la voix d'Olivia ?

« Cette propriété est si belle, s'écria Roger avec enthousiasme. Chaque fois que j'en fais le tour, je découvre quelque chose que je n'avais pas encore remarqué.

— J'ai toujours aimé cet endroit, approuva Jessica en regardant, autour d'elle, les pelouses en pente douce, les grands arbres, la façade impressionnante de la demeure des Patman.

— Allons rejoindre Bruce », dit Olivia.

Cette fois, Jessica trouva qu'elle avait eu un ton nettement maussade.

Au bas de la colline, sur le court de terre battue, Bruce travaillait son service. Comme Roger et Jessica, il était tout de blanc vêtu.

« J'aurais peut-être dû acheter la tenue de tennis, chuchota Olivia à Jessica.

— Ne sois pas stupide, lui assura Jessica. Tu es très bien comme ça.

— Prêt pour la bagarre, Rog ? lança Bruce en faisant voltiger sa raquette et en la rattrapant de la même main.

— Les garçons contre les filles d'abord, dit aussitôt Jessica.

— Si je comprends bien, Rog est mon partenaire, grimaça Bruce.

— Viens, Olivia, on va leur en faire voir, dit Jessica en traversant le terrain au pas de course pour se mettre en place.

— Essaie de ne pas trop te ridiculiser », dit gaiement de son côté Bruce à Roger. Et, sa raquette bien en main, il se posta face au filet.

« Jessica, dit Olivia avec anxiété, je ne me sens pas d'attaque pour jouer d'entrée. On ne devrait pas s'échauffer un peu avant ?

— C'est un match pour rire, lui rappela Jessica. Ne t'inquiète pas, va. Si les coups sont difficiles, je rattraperai pour toi. »

Olivia saisit sa raquette avec gaucherie. « *Mince*, songea Jessica, *elle débute vraiment. On croirait qu'elle tient une batte de base-ball.* »

Bruce servit, envoyant la balle de toutes ses forces par-dessus le filet. Olivia leva vaillamment sa raquette, mais manqua la balle. Le visage rouge, elle courut la ramasser.

« Ce n'était pas mal tenté, dit Jessica avec indulgence.

— Livia, tu devrais te tenir comme ça ! lança Roger en ployant les genoux et en se balançant sur ses reins de façon exagérée.

— Laisse-la tranquille, elle se débrouille très bien », intervint Jessica en prenant ostensiblement la défense de sa partenaire.

Le premier set fut, selon Jessica, un succès total. Olivia manquait chaque balle. Elle avait le visage rouge et baigné de sueur et une grosse ampoule commençait à se former au creux de sa main droite. A chacun de ses échecs, Roger lui criait des instructions. Jessica sentait grandir le dépit d'Olivia.

« Ignore-le, lui conseilla-t-elle alors que le groupe s'apprêtait à entamer le deuxième set.

— Tu ne m'avais pas dit que tu étais si forte, observa Olivia en s'épongeant le front.

— Oh, fit Jessica, je ne suis pas aussi rouillée que je l'imaginais. C'est drôle comme on retrouve vite ce qu'on a appris.

— Je ne risque pas de "retrouver" quoi que ce soit, marmonna Olivia.

— Tu sais ce qu'on va faire ? proposa Jessica. Je vais rattraper tous les coups difficiles. Tu n'auras qu'à t'écarter un peu quand il en viendra un.

— D'accord », dit Olivia en s'essuyant les mains contre son short.

Au cours du second set, Jessica courut sur chaque balle. Elle renvoyait par-dessus le filet avec une précision et une rapidité d'exécution parfaites.

« Pas mal, Jess, concédait Bruce avec admiration. Pourquoi *tu* n'arrives pas en faire autant ? marmonnait-il à son partenaire.

— Je fais de mon mieux, cousin, lui répliquait gaiement Roger.

— Dans le prochain jeu, ils vont voir ce qu'ils vont voir », assurait Jessica de son côté, triomphante.

Olivia semblait épuisée. La sueur plaquait et séparait ses cheveux en petites mèches et elle avait le visage rouge.

« On joue combien de jeux ? haleta-t-elle.

— Seulement six, lui dit Jessica.

— On pourrait peut-être changer de partenaires, proposa bientôt Roger. Je te montrerais quelques trucs, Livia. »

Olivia prit un air furieux.

« Non, on reste comme on est !

— Je commence à comprendre pourquoi tante Marie ne jure que par le tennis, dit joyeusement Roger. C'est drôlement marrant.

— Marrant pour toi, grommela Bruce. En attendant, c'est moi qui me tape tout le boulot.

— Ne t'en fais pas, dit Jessica à Olivia. On fera

comme tout à l'heure. Je me chargerai des coups difficiles. »

Olivia soupira et reprit sa raquette. « *C'est le moment de changer de tactique* », songea Jessica. Au lieu de reprendre chaque balle, comme au cours du précédent jeu, elle se contenta de courir sur la plupart d'entre elles. A l'instant où Olivia était persuadée qu'elle allait renvoyer, Jessica s'effaçait en criant : « Pour toi, Olivia ! » Olivia ne savait alors plus que faire. La dernière balle fut servie par Bruce avec tant de violence qu'Olivia trébucha en tentant de la remettre dans l'autre camp. Elle s'affala sur le sol d'argile dure.

« Livia ! cria Jessica d'un ton soudain alarmé et compatissant. Ça va ? »

Olivia se releva, le visage humide de sueur et de larmes.

« Je vais très bien, dit-elle d'une petite voix. Je crois que je me suis juste un peu écorché les mains.

— On devrait faire une pause », suggéra Jessica.

Le visage de Roger se décomposa.

« Tu ne veux pas t'arrêter, hein, Livia ? » demanda-t-il.

Olivia haussa les épaules.

« Ça m'est égal, dit-elle, la lèvre inférieure tremblante.

— Je pense qu'on devrait souffler un peu, insista Jessica. Tu as été super, déclara-t-elle à Olivia. Hein, qu'elle était extra ? Je ne crois pas que j'aurais pu jouer aussi bien lorsque j'ai commencé le tennis.

— Merci d'avoir été si patients avec moi, dit Olivia au petit groupe. Je crois que je ferais mieux de rentrer me reposer, maintenant. »

Roger parut mortifié.

« Tu veux vraiment t'arrêter, Livia ? Pourtant, tu te débrouillais déjà drôlement mieux que tout à l'heure.

— Oui, assura Olivia, je veux rentrer.

— Je te raccompagne, Livia » proposa aussitôt Jessica.

« *Pas question de les laisser tous les deux seuls ensemble*, se dit-elle. *Après tout le mal que je me suis donné pour que ça foire.* »

« Tu es sympa, Jess, répondit Olivia. Bon, eh bien, merci pour la partie », dit-elle à Roger. Elle avait parlé sans sourire et Roger ne sourit pas davantage qu'elle.

« Les mecs ! Je me demande ce qui leur prend, quand il s'agit de sport, commenta Jessica en déposant Olivia devant chez elle. Ils s'y croient tellement que c'en est ridicule.

— Merci, Jess », lui dit Olivia en sortant de la Fiat. Elle sourit. « Ce n'est pas ta faute si j'ai été aussi nulle », ajouta-t-elle.

Jessica se souriait à elle-même avec satisfaction, en rentrant en voiture. « *Ma faute, non, effectivement*, songeait-elle. *Mais disons que j'y suis pour quelque chose. Et plutôt deux fois qu'une.* »

8

« *L*iz, je peux te deman-
der quelque chose ? » s'enquit discrètement Regina
Morrow en se glissant auprès d'Elizabeth, qui était
passée à son casier entre deux cours.

Cette dernière prit son manuel de français puis se
tourna vers Regina.

« Bien sûr, répondit-elle. Qu'est-ce que c'est ? »

Regina regarda autour d'elle avec gêne. Son beau
visage était triste et troublé.

« Est-ce que tu as entendu ce qu'on raconte sur
moi ?

— Oui, répondit Elizabeth avec sincérité. Mais je
sais que c'est totalement idiot.

— Elizabeth, il faut que je te parle, reprit Regina
d'une voix pressante. Qu'est-ce que tu fais après les
cours, aujourd'hui ?

— Eh bien... »

Elizabeth s'interrompit, vit l'air malheureux de sa
camarade, décida de reporter une fois de plus la

rédaction de son article pour « Les Yeux et les Oreilles ».

« Rien, assura-t-elle gaiement. Pourquoi ?

— Tu voudrais bien venir chez moi ? supplia Regina. Rien qu'une heure ou deux. Oh, Liz, j'ai tellement besoin de parler à quelqu'un !

— Bien sûr que je viendrai, répondit Elizabeth. Si on se retrouvait sur la pelouse après la sortie ?

— Liz, merci beaucoup », dit Regina avec reconnaissance.

Elle secoua la tête, faisant danser de côté et d'autre ses longs cheveux noirs.

« Ah, on voit qui sont ses vrais amis, dans des circonstances pareilles ! » s'exclama-t-elle avec un petit sourire. Et elle quitta Elizabeth alors que Lila Fowler se hâtait dans leur direction, nez en l'air.

« Alors, qu'est-ce qu'il y a ? demanda Todd en rattrapant Elizabeth dans le couloir et en l'enlaçant par la taille. Je viens de te voir sortir du vestiaire avec Regina.

— Oh, Todd, si tu savais ! soupira Elizabeth. Je suis si inquiète pour elle. Je pense que les rumeurs que les gens répandent à son sujet commencent à la démoraliser. »

Todd secoua la tête en signe de sympathie.

« On peut faire quelque chose pour l'aider ? » demanda-t-il.

Elizabeth lui sourit d'un air reconnaissant.

« Je t'ai déjà dit que tu es un chic type ? Sans parler de toutes tes autres qualités.

— Je me reconnais, c'est bien moi ! dit Todd en riant et en la serrant contre lui. Tu peux me filer ma médaille !

— Je ne vois pas très bien ce qu'on peut faire, observa pensivement Elizabeth. Regina vient de m'inviter à venir chez elle après les cours. Elle veut me parler.

— Elle a bien choisi sa confidente », dit affectueusement Todd.

La première sonnerie retentit et il sursauta.

« J'ai intérêt à me dépêcher ! J'ai un partiel de maths, là tout de suite. Téléphone-moi pour me dire ce qui s'est passé », insista-t-il en quittant sa copine sur une dernière pression de main.

Souriante, Elizabeth le regarda traverser le couloir en courant : qu'il était beau ! Puis elle s'éloigna en sens opposé vers sa salle de français. Elle n'eut que juste le temps de se glisser à sa place avant la seconde sonnerie. Elle sortit ses notes de cours, s'efforça de se concentrer. Peine perdue. Que diable Regina pouvait-elle bien avoir à lui confier ? Voulait-elle lui expliquer ce qui se passait avec le bel inconnu ? Secouant la tête, Elizabeth revint à son cahier de notes. Ah, qu'il allait être difficile de rester attentive jusqu'à la fin de la journée !

« Montons dans ma chambre », suggéra Regina en précédant Elizabeth dans le vestibule à plafond haut.

Elizabeth regarda autour d'elle avec admiration. Les Morrow, qui venaient d'emménager à Sun Valley, avaient acheté l'une des vastes demeures bâties sur la colline, dans le voisinage des Patman. Tout en suivant Regina dans le grand escalier élégant qui menait au troisième étage, Elizabeth s'étonna de constater à quel point la demeure des Morrow évoquait davantage un « foyer » que celle des Patman.

La maison était certes aussi immense. Mais le soleil, entrant à flots par les fenêtres, et les teintes chaudes des rideaux et des tapis rendaient les grandes pièces moins imposantes, plus intimes.

Une porte s'ouvrit en haut de l'escalier et Nicholas Morrow — le frère aîné de Regina, dix-huit ans — s'avança sur le palier.

« Tiens, salut, Elizabeth, dit-il avec plaisir. Il me semblait bien avoir entendu entrer quelqu'un. »

Elizabeth lui rendit son sourire.

« Salut, Nicholas », dit-elle avec chaleur.

Il était difficile de ne pas aimer Nicholas Morrow. Ses yeux vert émeraude pétillaient de bonne humeur et ses cheveux très noirs, son sourire éblouissant, son physique athlétique lui avaient déjà conquis de nombreuses admiratrices à Sun Valley. A l'arrivée des Morrow, Jessica avait déployé tous ses charmes pour le séduire. A son grand dépit, il lui avait préféré Elizabeth. Cette dernière n'était pas restée insensible à la beauté et au charme du frère de Regina. Elle était même sortie une fois avec lui. En le découvrant, Todd avait failli rompre avec Elizabeth. Mais tout cela faisait partie du passé, désormais. Elizabeth et Nicholas étaient restés amis, même après que Nicholas eut compris qu'Elizabeth conserverait à Todd toute son affection et sa loyauté.

« Qu'est-ce que vous faites à la maison, toutes les deux, par une si belle journée ? demanda Nicholas avec curiosité.

— On pourrait te poser la même question, ironisa gentiment Regina, qui adorait son frère. Elizabeth a proposé de me donner un coup de main en chimie, ajouta-t-elle.

— Ah, voilà une bonne raison ! dit Nicholas en

84

souriant. Moi aussi, je bosse. Mais n'hésitez pas à me faire signe. Je vous éblouirai volontiers avec mon savoir. »

Regina et Elizabeth s'éloignèrent en riant dans le couloir, vers la chambre de Regina.

« Je ne voulais pas inquiéter mon frère avec ce qui se passe au lycée », expliqua cette dernière en accrochant sa veste et en se laissant tomber sur un confortable fauteuil recouvert d'un tissu pastel à fleurs.

Elizabeth s'installa en face de son amie sur un divan couleur crème.

« Quelle chambre superbe, Regina ! » s'écria-t-elle en regardant autour d'elle.

Un grand lit à baldaquin occupait le centre de la pièce aux tons clairs. Des rideaux transparents, agités par la brise, masquaient les deux immenses fenêtres. L'ensemble était aussi doux et délicat que la corolle d'une fleur.

« C'est moi qui l'ai décorée en grande partie, avoua timidement Regina. Je me suis toujours intéressée à la décoration. » Elle secoua la tête. « C'est même à cause de ça que tout cet embrouillamini avec Lane Townsend a commencé ! »

Townsend ? Ce nom parut familier à Elizabeth, sans qu'elle pût dire pourquoi.

« Comment ça ? demanda-t-elle.

— Eh bien, un jour, très peu de temps après notre arrivée, je me suis rendue en ville avec ma mère. Je voulais trouver un tissu pour le canapé sur lequel tu es assise. Ma mère avait quelques courses à faire. Pendant que je l'attendais à l'extérieur du magasin, il s'est passé un drôle de truc ! » raconta Regina qui s'était empourprée au rappel de ses souvenirs.

Elizabeth se pencha en avant, le visage rivé à celui de son amie.

« Un homme s'est avancé vers moi, poursuivit celle-ci. Il m'a remis sa carte et m'a dit qu'il s'appelait Lane Townsend et qu'il dirigeait une agence de mannequins.

— Mais oui ! C'est pour ça que son nom me disait quelque chose ! s'exclama Elizabeth. Son agence est très cotée !

— Je sais, dit Regina. Tu imagines comme ça m'a fait drôle. C'est si embarrassant pour moi, Liz. Je me sens bête de te raconter tout ça, mais je tiens beaucoup à ton estime et je ne supporte pas l'idée que tu pourrais croire ces stupides racontars.

— Regina, je n'y ai pas cru une seule seconde, assura Elizabeth.

— Enfin bref, poursuivit Regina en revenant à son récit. Lane m'a expliqué qu'il avait lancé un concours, depuis quelques mois. Il cherchait une fille pour faire des photos afin d'illustrer un article de la revue *Ingenue*. Et tu me croiras si tu veux, mais il me trouvait parfaite pour ce job !

— C'est merveilleux ! s'exclama Elizabeth en regardant Regina d'un air ravi.

— Voilà ce qui s'est passé, conclut Regina. J'ai dû demander l'autorisation de sortir un peu plus tôt du lycée, à cause des séances de photo. Heureusement qu'elles sont terminées, je commençais à prendre du retard en anglais.

— Todd te passera ses notes, assura Elizabeth. Alors, tu vas vraiment figurer dans *Ingenue* ? »

Regina rougit.

« Je serai en couverture du prochain numéro ! »

Elizabeth eut un rire étonné et heureux.

« Pourquoi n'as-tu rien dit à personne ? demanda-t-elle.

— Je ne sais pas. Cette histoire m'a fait un drôle d'effet. Je pensais qu'il valait mieux que tout le monde l'apprenne à la parution du magazine. Je n'aurais jamais imaginé que les gens feraient toutes ces salades au sujet de Lane, tu penses bien. J'admets qu'il est très beau, reconnut Regina en riant. Mais il est marié, Liz, et heureux en ménage ! Je ne l'ai vu qu'une seule fois en dehors de l'agence, un après-midi de la semaine dernière, pour garder Nina, sa petite fille. Sa femme et lui avaient un important dîner d'affaires et leur baby-sitter s'était décommandée au dernier moment. Pas très romantique, comme rendez-vous !

— Regina, je suis ravie pour toi, lui dit Elizabeth avec fierté. Le magazine sort quand ?

— Dans une semaine ou deux, je pense. » Regina reprit son sérieux. « Liz, je t'en prie, ne dis rien à personne jusque-là. Je sais que ça a l'air idiot, mais j'ai toujours tenu à prouver aux autres que je peux me défendre seule quand il le faut. S'il y en a qui veulent croire ces stupides racontars, grand bien leur fasse. Ils sauront la vérité assez tôt. »

Elizabeth songea qu'elle aurait du mal à garder le secret : l'idée d'avoir à faire des cachotteries à Todd la mettait mal à l'aise. Mais elle voyait, par ailleurs, que Regina attachait beaucoup d'importance à sa discrétion.

« Je te promets de ne rien dire, assura-t-elle. Motus et bouche cousue !

— Alors, et cette chimie ? demanda Nicholas en passant la tête dans l'entrebâillement de sa porte à l'instant où Elizabeth et Regina s'apprêtaient à gagner le rez-de-chaussée.

— Ça s'est bien débroussaillé, lui répondit Regina en adressant un sourire complice à son amie. Liz est un prof de première. Mais si ça t'intéresse toujours, je t'ai mis de côté un ou deux trucs difficiles.

— Mon savoir encyclopédique est à ton service », plaisanta Nicholas.

« J'ai hâte de voir la couverture, confia Elizabeth à Regina alors qu'elles se trouvaient sur le seuil. Au fait, ta famille est au courant ?

— Oui, dit Regina. C'est une assez longue histoire, en fait. Je n'ai rien dit à ma mère tant que je n'ai pas été sûre qu'*Ingenue* publierait la couverture.

— Pourquoi ?

— Eh bien, ma mère a été mannequin, confia Regina. C'était une cover-girl célèbre à New York à l'époque où elle a rencontré mon père. Elle a continué quelque temps le métier et puis elle a décidé d'arrêter un peu avant ma naissance. Elle ne m'en avait jamais parlé mais en fait, elle espérait en secret que je deviendrais mannequin un jour.

— Comment a-t-elle réagi, quand elle a appris la nouvelle ? » demanda Elizabeth.

Regina baissa la tête, confuse.

« Elle a été très heureuse, dit-elle à voix basse. Je crois que les choses sont devenues plus faciles pour elle. Tu comprends, elle suivait un traitement médical, quand elle était enceinte et les médecins pensent que c'est peut-être ça qui a provoqué ma surdité.

— Oh non ! » fit doucement Elizabeth.

Regina retrouva soudain son sourire.

« Je crois que le métier de mannequin était devenu pour elle le symbole de ce qu'elle avait pu réaliser et qui m'était interdit. Je ne l'ai jamais vue aussi contente que le jour où elle a appris que je serais en couverture d'un magazine.

— Oh, Regina, moi aussi, je suis si heureuse pour toi, dit Elizabeth en étreignant son amie.

— Seulement, ma mère a la maladie du secret ! reprit Regina en riant. Elle n'a pas réussi à en parler à un seul de ses amis. Et pourtant, ça l'étouffe. A mon avis, tout le monde se sentira beaucoup mieux lorsque ce sera devenu public. »

« Je pense bien », songea Elizabeth en sortant au-dehors sous un soleil éclatant. Elle connaissait en tout cas une personne qui lui poserait d'ici-là quantité de questions.

« Comment, tu ne peux rien me dire ? » demanda Todd au téléphone.

Enfermée dans sa chambre, Elizabeth était allongée sur son lit, le récepteur collé à l'oreille. Jessica se trouvait au rez-de-chaussée, occupée à confectionner des *cookies* au chocolat, sa dernière trouvaille pour procurer de l'argent aux majorettes.

« Je te l'ai déjà expliqué, Todd, répondit Elizabeth d'un ton coupable. J'ai juré à Regina de me taire. Elle n'a pas de liaison avec le type en question mais je ne peux pas t'apprendre de quoi il retourne pour l'instant. Tout ce que je peux te dire, c'est que c'est merveilleux.

— Tu ne peux pas parler, tu en es bien sûre ? insista Todd. C'est injuste, tout de même.

— Todd, je te promets que tu seras enchanté quand tu sauras de quoi il s'agit, dit gentiment Elizabeth. Je ne peux tout de même pas revenir sur ma parole !

— Je suppose que non, concéda Todd.

— Le plus important, ajouta Elizabeth, c'est qu'elle sache que nous sommes tous les deux de son côté.

— Mou-oui », marmonna Todd.

Après avoir raccroché, Elizabeth resta allongée quelques instants sur son lit, l'esprit en ébullition. Elle songeait aux confidences de Regina et était heureuse de la confiance qu'elle lui avait manifestée. En même temps, il lui déplaisait de ne pouvoir mettre Todd dans le secret. « *J'espère que je n'ai pas mal agi avec lui* », se dit-elle en se relevant. Une chose était sûre. Quand *Ingenue* paraîtrait avec Regina en couverture, son ami aurait une sacrée surprise.

9

« *I*l y a quelque chose qui ne va pas, Olivia ? » demanda Elizabeth en se renversant sur sa chaise et en délaissant le clavier de sa machine à écrire.

Les deux amies étaient seules à travailler dans le local de *L'Oracle*, cet après-midi-là, après la classe.

« J'avoue que j'ai du mal à me concentrer, ces temps-ci », dit Olivia.

Et elle contempla sans enthousiasme la liasse de papiers qu'elle tenait à la main. Elizabeth pivota sur sa chaise pour lui faire face et s'avisa que son amie avait l'air fatigué. Elle était plus pâle que d'habitude, de légers cernes ombraient ses paupières.

« Liz, je peux te poser une question ? demanda soudain Olivia.

— Bien sûr. D'ailleurs, je n'avance pas beaucoup moi non plus, aujourd'hui », observa Elizabeth. « *Forcément. Tout ce qui me vient à l'esprit, pour "Les Yeux et les Oreilles", c'est l'histoire d'une fille qu'on soupçonne d'avoir une liaison adultère alors qu'elle est en fait sur le point de devenir cover-girl* », ajouta-t-elle en son for intérieur.

« Sois franche, Liz, dit Olivia en se levant et en gagnant la fenêtre. Est-ce que tu trouves que je m'habille bizarrement ? »

Elizabeth la dévisagea avec surprise.

« Qu'est-ce que c'est que cette question ?

— Liz, je suis sérieuse, insista Olivia. Regarde-moi. Est-ce que j'ai l'air d'un épouvantail ? »

Elizabeth examina longuement Olivia, qui portait un ample pantalon-treillis, des sandales et un tee-shirt jaune vif dont elle avait roulotté les manches. Elle avait noué un foulard en bandeau autour de son front pour empêcher la masse de ses boucles brunes de lui retomber sur les yeux.

« Non, pas du tout, Olivia, déclara Elizabeth. La façon dont tu t'habilles te correspond très bien et je te trouve super. »

Olivia soupira.

« Merci, Liz, dit-elle en retournant s'asseoir.

— Pourquoi tu m'as demandé ça ? s'enquit Elizabeth. C'est curieux, c'est bien la première fois que je te vois te tracasser au sujet de ce que les autres pensent de ta tenue.

— Oh, je ne m'en fais pas, assura Olivia. C'était par curiosité. »

Quelque chose, dans le ton de sa voix, indiqua qu'elle ne désirait pas poursuivre la conversation.

« Dis donc, il y a un truc qui pourrait t'intéresser, Liz », reprit-elle en tendant à son amie un feuillet dactylographié.

Elizabeth se mit à lire à haute voix.

« M. Jaworski, professeur d'art dramatique à Sun

Valley, est heureux d'annoncer l'ouverture du concours junior annuel de pièces de théâtre. Thème choisi cette année : les grandes figures littéraires. Les élèves intéressés devront soumettre une pièce originale en un acte à M. Jaworski avant le... » Elizabeth s'interrompit, fixa la date, et s'avisa en tressaillant qu'elle avait tout juste un mois devant elle.

« Tu as raison, Olivia, ça m'intéresse, merci, dit-elle en rendant le papier à son amie. Mais si je veux participer au concours, j'ai intérêt à me mettre au boulot tout de suite. »

A cet instant, la porte de *L'Oracle* s'ouvrit toute grande et Jessica fit son entrée.

« Cinquante-cinq dollars exactement ! annonça-t-elle d'un ton triomphant. Et tu disais que personne n'achèterait mes sablés parce qu'ils étaient bizarroïdes. Preuve que tu ne connais rien aux affaires, Liz.

— Jessica ! En voilà une surprise ! Qu'est-ce qui t'amène ? Tu n'aurais pas un petit potin pour mon article ? demanda sa jumelle avec espoir.

— Non, rien de rien », dit gaiement Jessica. Elle regarda autour d'elle le local encombré et plissa le nez avec dégoût. « Beurk, c'est un vrai fouillis, ici. Qu'est-ce que c'est que toute cette paperasse ? »

Elizabeth éclata de rire.

« Cette paperasse, comme tu dis, c'est la maquette de *L'Oracle*, Jess. »

Elle se tourna vers Olivia qui rassemblait ses affaires et les fourrait dans son sac à dos.

« Jessica trouve que c'est la pagaille ici », pouffa-t-elle en songeant à l'état habituel de la chambre de sa sœur.

Olivia regarda autour d'elle et soupira.

« Eh bien, c'est plutôt mal rangé, Liz », reconnut-elle.

Elizabeth la trouva légèrement tendue. On n'aurait su dire si elle était contente ou non de voir Jessica.

« Prête, Livia ? » demanda Jessica.

Olivia hocha la tête.

« Jessica va m'aider pour la robe que je confectionne pour la soirée des Patman », expliqua-t-elle à Elizabeth.

Celle-ci écarquilla les yeux.

« Jessica. Mais...

— Oui, coupa précipitamment Jessica. Liz, tu diras à maman que je serai rentrée à temps pour manger. »

Elizabeth n'en crut pas ses oreilles. Il y avait belle lurette qu'elle n'avait vu sa sœur un fil et une aiguille à la main. Cela datait de plusieurs années, à Noël. Jessica avait été contrainte d'aider la maisonnée à enfiler du pop-corn.

« A demain, Liz, dit Olivia en suivant Jessica dans le couloir.

— A demain, Livia », répondit Elizabeth, stupéfaite par le revirement de sa sœur. Depuis quand Jessica se prenait-elle pour Coco Chanel ? Elle ne connaissait strictement rien à la couture !

« *Jessica est bien empressée auprès d'Olivia, ces temps-ci. On dirait qu'elle est prête à l'aider pour n'importe quoi. Bah*, songea Elizabeth avec philosophie en se remettant à sa machine à écrire, *je me suis suffisamment mêlée des affaires des autres comme ça. Jessica peut comploter ce qu'elle veut, moi, je me tiens à distance.* »

« Voilà, dit Olivia d'une voix hésitante après avoir étalé la robe sur son lit. Qu'est-ce que tu en penses ?

— Voyons, marmonna Jessica d'un air songeur en tâtant l'étoffe d'une main experte. C'est... du coton, non ? »

Olivia acquiesça sans entrain. Le tissu qu'elle avait trouvé si beau quand elle l'avait choisi lui semblait à présent tout à fait ordinaire. C'était un tissu gaufré, à petites fleurs blanches sur fond lilas, une teinte pastel qu'elle avait toujours affectionnée.

« Ça vient de Grèce », dit-elle en guettant avec anxiété la réaction de Jessica.

« *Il n'y a vraiment qu'Olivia Davidson pour s'imaginer qu'on peut mettre une robe pareille au Country Club* », songea Jessica. La robe, longue et sans manches, lui semblait plutôt informe. Olivia avait coupé un décolleté plongeant, en pointe, et confectionné une ceinture à fronces pour envelopper la taille. Tout en contournant le lit pour bien regarder, Jessica se dit que le vêtement n'aurait pas été si mal comme surmaillot de bain. Mais pour se rendre à la plus grande réception de la saison mondaine ? Brr, quelle horreur !

« Qu'est-ce que tu en penses ? redemanda Olivia, la gorge sèche.

— Eh bien... Je trouve que c'est follement original, Olivia, dit prudemment Jessica. Elle est très simple, non ?

— Oui, c'était mon intention. Je déteste ces robes style grand tralala qu'on vend dans les magasins.

— Hum-hum, fit Jessica. Et si tu la mettais, Livia, que je t'aide pour l'ourlet ? Je suis sûre qu'elle a une tout autre allure une fois passée », ajouta-t-elle.

Olivia se retira dans la petite salle de bains attenante à sa chambre et en ressortit quelques instants plus tard, revêtue de la robe.

« Alors, qu'est-ce que tu en dis ? redemanda-t-elle. Sois franche. »

Jessica poussa un soupir.

« Je ne sais pas, Olivia, dit-elle d'un ton pensif en feignant de bien examiner la toilette sous tous les angles. C'est une belle robe, assura-t-elle. Mais elle n'est peut-être pas assez habillée, tu ne crois pas ? »

Olivia se rembrunit.

« C'est-à-dire ? »

Jessica tourna encore autour d'elle, hochant la tête.

« Olivia, déclara-t-elle enfin, tu ne dois pas oublier que cette soirée est très importante pour Roger. Après tout, c'est sa première grande sortie en tant que Roger Patman. Tout le monde aura les yeux braqués sur lui et donc sur toi aussi.

— Je sais bien, admit Olivia d'un ton lamentable. Je commence à m'en rendre compte.

— Autrement dit, assura Jessica avec fermeté, il faut que tu tiennes compte de la situation de Roger. Tu connais Mme Patman. Elle fait toujours un tas d'histoires pour les trucs les plus bêtes. » Jessica baissa la voix d'un ton confidentiel. « Une fois, Bruce m'a raconté qu'elle avait fait pleurer une de ses copines parce qu'elle ne savait pas comment manger le homard. Elle l'a terrorisée, la pauvre. En plein restaurant. Chez *Palomar House*, tu te rends compte !

— Alors, qu'est-ce que je devrais faire ? » demanda Olivia.

Jessica parut réfléchir.

« Livia, je trouve merveilleux que tu aies voulu

faire ta robe toi-même, dit-elle enfin. Mais la réception du Country Club n'est peut-être pas l'occasion rêvée pour la porter. Après tout, il n'y a pas que Roger qui sera en point de mire. C'est *ta* première sortie en tant que petite amie d'un Patman. Tu ne veux quand même pas que les gens s'imaginent que tu as tiré une vieillerie du fond de ton armoire. »

Olivia devint très pâle.

« Merci, Jessica, dit-elle en se dirigeant vers la salle de bains pour ôter la robe. Tu m'as beaucoup aidée.

— J'ai une super idée, annonça Jessica quand Olivia se fut changée. Si on allait au centre commercial pour essayer de te trouver un truc plus habillé ? D'ailleurs, il faut que je m'achète moi aussi quelque chose, ajouta-t-elle.

— On verra ça plus tard, dit Olivia d'un ton las. J'ai une tonne de devoirs à faire, ce soir.

— Bon, d'accord », concéda Jessica en gagnant la porte de la chambre. Elle chercha la meilleure chose à dire avant de se retirer. « C'est toi qui décides, reprit-elle. Mais tu ne crois pas que c'est plus important que tes devoirs ?

— Comment ça ? » demanda Olivia en la dévisageant avec étonnement.

Jessica secoua la tête.

« Mais enfin, Livia, ce sera sûrement l'une des plus importantes soirées de l'existence de Roger ! Les Patman, c'est tout ce qui lui reste, maintenant. C'est sa famille. Tu ne vois pas que tout repose sur toi ? Roger compte sur toi pour l'aider à faire bonne impression. Si tu le laisses tomber... » Et Jessica s'interrompit, l'air horrifié à l'idée des conséquences possibles d'une telle attitude.

« Je te remercie d'être venue m'aider, Jessica, assura Olivia d'un ton ferme en s'engageant dans le couloir. Vraiment. » Il était clair qu'elle souhaitait voir partir Jessica.

« De rien, Olivia, répondit Jessica avec chaleur.

— Bon, salut. On se voit demain au lycée. »

Jessica approuva de la tête.

« Oui. Et au fait, si tu changes d'idée pour la robe... tu n'as qu'à me téléphoner », dit-elle d'un ton serviable.

Olivia regarda Jessica franchir l'allée d'un bon pas, ses cheveux blonds dansant derrière elle. Puis elle rentra et, une fois dans sa chambre, ressortit la robe. Elle la considéra d'un œil critique. « *Comment ai-je pu avoir l'idée de mettre un truc pareil* ? songea-t-elle. *Mme Patman m'aurait sûrement éclaté de rire au nez.* »

« Jessica a raison, conclut-elle à voix haute en rangeant le vêtement dans son armoire. Les Patman, c'est tout ce qui reste à Roger. » Olivia secoua la tête, les yeux remplis de larmes. « Si je me rends à la réception du Country Club avec lui, je vais nous couvrir tous les deux de ridicule ! Mais comment ai-je pu m'imaginer qu'on pourrait rester ensemble, tous les deux ? »

« Roger ! appela Mme Patman depuis le patio où elle prenait le soleil. Peux-tu venir un instant, s'il te plaît ? »

Roger s'échauffait sur la pelouse avant de courir.

« Oui, j'arrive ! lança-t-il en rejoignant sa tante.

— J'espérais que nous pourrions bavarder un peu en privé, tous les deux », dit Mme Patman en repliant son journal et en le posant de côté.

Elle ôta ses lunettes de soleil et regarda Roger bien en face, de son regard bleu glacial.

« Nous n'avons guère eu l'occasion de mieux faire connaissance depuis que tu es arrivé, observa-t-elle.

— C'est vrai », admit Roger, mal à l'aise. Il fourra les mains dans les poches de son short, se balança avec gêne sur ses talons.

« Voyons, si tu t'asseyais, mon chéri, suggéra sans chaleur Mme Patman. Tu ne vas pas rester debout à te balancer comme ça. »

Roger sourit. Il s'installa sur une chaise longue en face de sa tante.

« Là, voilà qui est mieux, dit Mme Patman d'un ton approbateur. Voyons, Roger, est-ce que tu te rends compte que je ne sais pas grand-chose de toi, en dehors de ce que tu fais à la maison, bien sûr. Je ne sais rien de tes passe-temps, ou de tes études, *rien*, quoi. Cela n'est plus très normal, n'est-ce pas ?

— Non, concéda Roger, le nez baissé vers les dalles du patio. Eh bien, j'aime la course à pied. »

Mme Patman tira un mouchoir de son sac et se tamponna le front.

« Oui. C'est aussi le genre de choses que je voulais aborder, mon chéri. Tu ne trouves pas que c'est un sport... comment dire... qui n'est guère social ?

— Effectivement, approuva Roger. Je crois que c'est pour ça qu'il m'a toujours plu. Ce n'est pas que je ne sois pas liant, mais j'aime bien avoir mes moments de solitude. J'en profite pour penser », conclut-il avec timidité.

Mme Patman le toisa avec condescendance.

« Je vois. Et à quoi penses-tu, lorsque tu cours comme ça, tout en sueur sous le soleil ? »

Roger éclata de rire.

« Je ne sais pas, moi. Quelquefois, je pense à l'avenir. » Son visage s'éclaira tout en parlant. « Je pense à la médecine.

— A la médecine ! s'exclama Mme Patman d'un air atterré. Et pourquoi diable ? »

Roger sourit.

« Sûrement pas pour me faire soigner, assura-t-il. Mais vous savez, j'ai toujours voulu devenir docteur.

— Docteur », répéta Mme Patman.

Roger se dit qu'il était impossible qu'elle désapprouve ce projet.

« Mon Dieu, je suppose que c'est un bon métier. Mais c'est tellement... tellement "désordre". Bruce veut reprendre les affaires de son père », annonça sa tante d'un air approbateur.

Roger ne sut que dire.

« Ah ! C'est bien, murmura-t-il platement.

— Et tes amis, Roger ? poursuivit Mme Patman en prenant une lime sur la table à côté d'elle et en effilant ses longs ongles. Je ne sais même pas qui tu fréquentes. Si tu m'en parlais un peu ?

— Euh... c'est-à-dire, ma tante ? demanda Roger.

— Eh bien, je trouve Jessica Wakefield charmante. C'est une amie à toi ?

— Non, enfin, pas vraiment, répondit Roger, mal à l'aise. Je ne la connais pas si bien que ça.

— Ah ! fit Mme Patman. Et cette autre petite camarade à toi... cette fille qui est venue jouer au tennis ici avec toi, Bruce et Jessica ?

— Olivia, vous voulez dire.

— Olivia ! C'est ça, Olivia. Quel est son nom de famille, déjà ?

— Davidson, répondit Roger.

— Et est-ce qu'il est indiscret de te demander, poursuivit Mme Patman en reposant sa lime et en regardant son neveu avec insistance, si tu as l'intention d'amener cette Olivia à notre réception de samedi prochain ?

— Oui. En fait, je l'ai déjà invitée.

— Oh mon Dieu ! lâcha Mme Patman en soupirant profondément. Roger, cela ne me regarde sans doute pas... mais tu ne crois pas que cette Olivia est un peu... voyons, comment dire... un peu *bizarre* ?

— Je la trouve très bien, répondit Roger en se braquant. C'est ma meilleure amie.

— Oh, je n'en doute pas, dit Mme Patman d'un ton conciliant. Je me disais simplement que dans ce *genre* de soirée, avec tous ces invités qui auront les yeux braqués sur toi... »

Roger attendit qu'elle poursuive.

« Voyons, Bruce connaît plusieurs étudiantes ravissantes, reprit sa tante. Je suis certaine qu'il sera ravi de t'arranger un rendez-vous avec quelqu'un de convenable. Si tu lui en parlais, mon chéri ? Il est toujours si avisé dans ce genre de situation. »

Roger rougit. Il ne savait que répondre. Il ne voulait pas demander l'avis de Bruce, en aucun cas, surtout pas à propos des filles. D'ailleurs, Olivia était la seule qui lui plaisait. Mais sa tante se montrait très insistante... Il ne voulait pas lui causer de peine — après tout ce qu'elle et son oncle Henry avaient fait pour lui.

« J'y réfléchirai, murmura-t-il sans joie.

— Tu prends un peu le soleil, chérie ? » interrompit Henry Patman.

Il referma la porte coulissante derrière lui et s'avança dans le patio.

« Bonjour, Roger, dit-il avec chaleur en se rapprochant de son neveu et en l'entourant de son bras. Je te cherchais partout.

— Nous faisons un peu mieux connaissance, Roger et moi, déclara Mme Patman. N'est-ce pas, Roger ?

— Oui, ma tante.

— Eh bien, j'espère que tu ne m'en voudras pas de t'enlever notre neveu pour quelques minutes, déclara M. Patman à sa femme, le bras toujours passé autour des épaules de Roger. Dis-moi, Rog, ça t'ennuierait de me donner un coup de main pour transporter un ou deux paquets qui attendent dans le garage ?

— Bien sûr que non, oncle Henry », répondit Roger.

Il suivit son oncle jusqu'au garage. M. Patman lui sourit, lui ébouriffa les cheveux de la main.

« C'est un peu dur de se retrouver dans une maison inconnue et d'avoir à se débrouiller avec tout un tas de parents qu'on ne se connaissait pas, hein ?

— Oui, mon oncle. Euh, non, balbutia Roger. Je veux dire, je vous suis très reconnaissant, mais quelquefois, j'ai l'impression que je fais tout de travers.

— Ne te laisse pas abattre, lui conseilla gaiement M. Patman en refermant le coffre de sa voiture. Nous sommes tous très fiers que tu fasses partie de la famille, Roger. Les Patman ont besoin de quelqu'un comme toi. »

Tout en transportant dans la maison les paquets que son oncle lui avait remis, Roger réfléchissait. Il désirait tant que ses nouveaux parents fussent fiers de lui ! Surtout son oncle. Il avait tellement envie de s'intégrer à la famille, d'être l'un des Patman. Mais la conversation qu'il venait d'avoir avec sa tante l'avait profondément troublé et bouleversé. Tout ce qu'il avait aimé jusque-là ne semblait plus convenable, désormais. La course, c'était asocial. La médecine, trop « désordre ». Et Olivia... Olivia était bizarre.

« Content de voir qu'on t'a enfin mis au turbin, Rog », railla Bruce en croisant son cousin dans l'escalier.

Roger contempla les boîtes qui lui encombraient les bras et jeta un regard noir à Bruce. Chaque fois que ce dernier l'asticotait ainsi, il réagissait comme lorsqu'il disputait une course : il se sentait résolu à ne se laisser arrêter par personne. « *Je ne permettrai plus à Bruce de se payer ma tête*, se jura-t-il. *Je vais rendre les Patman fiers de moi. Je vais faire les choses à leur manière, et peu importe ce à quoi je devrai renoncer pour y parvenir !* »

10

« *L*iz, chuchota Regina d'une voix excitée, j'ai quelque chose à te dire.

— Quoi ? demanda Elizabeth avec curiosité, tout en prenant la file d'attente avec son amie.

— Elles sont prêtes ! » s'exclama Regina. Elle regarda autour d'elle, dans la cafétéria, et baissa la voix. « Les épreuves des photos sont prêtes. Lane vient d'appeler. Le magazine va paraître d'un jour à l'autre et il veut que je vienne en ville cet après-midi pour voir le résultat. »

Absorbées par leur conversation, Elizabeth et Regina ne s'aperçurent pas que Lila Fowler venait se placer derrière elles.

« Tu le vois à quelle heure ? demanda Elizabeth.

— Il vient me prendre ici à deux heures et demie, lui dit Regina. Oh Liz, je suis si excitée ! Je n'y tiens plus ! »

« *Tiens, tiens, tiens* », se dit Lila Fowler non sans plisser le nez à la vue du burger au fromage que la serveuse lui tendait par-dessus le comptoir. « *Regina Morrow a encore un mystérieux rendez-vous en plein milieu de l'après-midi.* » Elle regarda ses deux camarades s'éloigner vers les tables et un petit sourire rusé naquit sur ses lèvres. « *Cette fois, je serai aux premières loges !* » résolut-elle. Il valait certes la peine de sécher le dernier cours pour découvrir de quelle façon Regina Morrow passait ses drôles d'après-midi !

A deux heures vingt-cinq, Lila, installée dans sa Triumph vert tilleul, faisait le guet non loin de l'entrée principale du lycée. Comme prévu, Regina ne tarda pas à apparaître, regardant nerveusement autour d'elle pour s'assurer qu'on ne la voyait pas. « *Si elle savait* », ricana Lila en mettant son moteur en marche. Quelques instants plus tard, la Ferrari beige se gara sur le parking et son beau conducteur sortit de voiture, se hâta au-devant de Regina et l'embrassa sur la joue. « *J'ai bien l'intention de savoir où ces deux-là se nichent, même à mes risques et périls* », se dit Lila.

Ce fut avec étonnement qu'elle vit la Ferrari prendre la direction du centre ville par une des artères principales. « *J'aurais cru qu'ils se dirigeraient vers un quartier plus discret* », songea-t-elle en conduisant habilement, attentive à ne pas perdre le couple de vue. « *Ça alors ! Retour au même endroit !* » constata-t-elle lorsque la Ferrari se gara devant le Centre médical. Lila dépassa la voiture et trouva une place un peu plus loin dans la rue. Elle se gara très vite, en jetant de fréquents coups d'œil dans le rétroviseur pour ne pas perdre de vue ceux qu'elle suivait.

A l'instant où elle sortait sur le trottoir, Lane et

Regina disparurent à l'intérieur d'un immeuble de bureaux, de l'autre côté de l'avenue. Elle se rua à leur poursuite et eut tout juste le temps d'entrevoir la jupe bleue de sa camarade alors que le couple s'engouffrait dans l'ascenseur. « *Ce n'est pas le moment de perdre la filature* », songea Lila en regardant s'allumer tout à tour les numéros d'étage. A six, l'ascenseur s'arrêta un instant. Lila sourit de satisfaction, appuya sur le bouton d'appel.

Elle déboucha bientôt au sixième étage et inspecta les lieux. « *Lane Townsend Agency* », annonçait une plaque sur une grande porte sombre. Lila en reçut un choc. Elle avait entendu parler de l'agence Townsend, comme tout le monde. Mais elle ignorait que ses bureaux se trouvaient à Sun Valley même. Que diable Regina pouvait-elle bien faire ici ?

Lila décida qu'il n'y avait qu'une façon de le savoir et, inspirant un bon coup, poussa la lourde porte à panneaux. A la réception, une femme lui adressa un sourire aimable.

« Vous ne venez pas vous renseigner sur le concours d'*Ingenue*, j'espère ? » demanda-t-elle.

Lila prit aussitôt sa décision.

« Eh bien, en fait, si, dit-elle. Pourriez-vous me donner des informations à ce sujet ?

— Non, hélas ! répondit l'hôtesse d'un ton d'excuse. Lane a mené lui-même tous les entretiens et il ne m'en a pas beaucoup parlé.

— Ah bon, dit Lila en s'efforçant de prendre un air déçu.

— Savez-vous ce que nous allons faire, proposa l'inconnue, compatissante. Je vais vous donner un rendez-vous avec lui. Il pourra vous expliquer tout ça.

— Ce serait merveilleux, dit Lila. Quand pourrais-je le voir ? »

A cet instant, on poussa une porte intérieure et un homme s'avança dans la réception.

« Dis donc, Suzanne, tu as vu les épreuves de couverture d'*Ingenue* ? Je me demande où Lane réussit à dénicher des filles comme ça. Cette Regina Morrow est une vraie beauté. »

Lila faillit ne pas en croire ses oreilles. Quoi ! Regina Morrow allait paraître dans *Ingenue* ? Alors, il ne s'agissait pas d'une liaison ? Lila était si stupéfaite qu'elle ne savait plus où elle en était. Les idées se bousculaient dans sa tête. « *Il y a sûrement moyen de convaincre M. Townsend de ne pas publier cette couverture*, songea-t-elle frénétiquement. *Quand il m'aura vue, il déchirera les photos de Regina et repartira de zéro.* »

« Quand disiez-vous que je pourrais voir M. Townsend ? demanda-t-elle à la réceptionniste.

— Une seconde, Ben, dit gaiement Suzanne en se retournant vers sa visiteuse. Que diriez-vous de vendredi qui vient ? A seize heures quarante-cinq ? proposa-t-elle en consultant son calendrier.

— Ce serait parfait », assura Lila.

Les doigts tremblants, elle prit la carte qu'on lui tendait et nota dessus l'heure convenue. Elle sortit et rappela l'ascenseur, tout en songeant qu'elle devait empêcher à tout prix la publication de la photo de Regina dans le magazine. Elle n'avait pas la moindre idée sur la façon dont elle parviendrait à modifier la décision de Lane Townsend. Mais il *fallait* qu'elle réussisse !

Olivia et Roger s'étaient réfugiés sur la pelouse,

après les cours. Il était bientôt quatre heures et presque tous les élèves étaient partis.

« Tu avais quelque chose à me dire, non, Livia ? » demanda anxieusement Roger.

Olivia acquiesça.

« J'espère que tu ne le prendras pas mal », dit-elle avec hésitation.

Roger soupira.

« Ça s'annonce bien ! »

Olivia détourna le regard.

« Rog, je sais que tu es plutôt sous pression, ces temps-ci, et je ne voudrais pas te compliquer les choses. Mais je ne peux pas aller avec toi à la soirée du Country Club samedi prochain.

— Pourquoi ? demanda Roger.

— Pour un tas de raisons, répondit Olivia. La plus importante, c'est que ta famille me met très mal à l'aise. Je crois que je ne serais pas capable de rester moi-même et de m'amuser malgré tout. »

Roger la dévisagea avec incrédulité.

« Olivia, mais comment peux-tu dire ça ? demanda-t-il. Tu ne t'es pas amusée, les dernières fois que tu es venue ?

— Non, avoua Olivia en soupirant. Pour être franche, j'ai eu l'impression d'être la dernière des ringardes.

— Mais de quoi parles-tu ? s'écria Roger.

— Écoute, Roger, dit fermement Olivia, tu sais ce que je ressens pour toi. Mais je suis ce que je suis. Je crois que je ne suis pas une fille convenable aux yeux des Patman.

— Je ne comprends pas pourquoi tu penses ça, argumenta Roger. Les Patman ne sont pas si mauvais. Accorde-leur une chance.

— Oh, je suis sûre qu'ils ne sont pas si mauvais, effectivement, dit Olivia en s'efforçant tant bien que mal de sourire. Je suis même folle de l'un d'entre eux. Mais ce n'est pas pour ça que je me sentirai plus à l'aise samedi prochain.

— Olivia, il faut que tu viennes à cette soirée avec moi ! insista Roger.

— Je ne peux pas.

— Mais je leur ai déjà dit que tu venais ! » cria Roger.

Olivia se leva d'un bond. C'était le comble !

« Alors comme ça, c'est tout ce qui compte pour toi ? D'être gêné parce que je renonce à une sortie ? s'écria-t-elle avec amertume. Je croyais que l'important pour toi, c'était ce que je ressens !

— Et moi de même ! rétorqua Roger, aussi furieux qu'elle. Si c'est trop te demander que de supporter ma famille, alors on ferait sûrement mieux de ne plus se voir !

— Tu as tout à fait raison, lui déclara Olivia. Qu'est-ce que tu attends pour te trouver une nana qui fasse la paire avec ta nouvelle vie de richard ?

— Si c'est comme ça que tu prends les choses, je le ferai peut-être », répliqua Roger. Il avait peine à croire que c'était Olivia qui lui parlait ainsi. Elle s'était toujours montrée si compréhensive !

De son côté, Olivia avait rejoint en courant le parking de bicyclettes. Elle se pencha sur sa machine pour déverrouiller l'antivol et ses mains tremblaient tant qu'elle n'y parvint qu'à grand-peine. Les yeux brouillés de larmes, elle se mit enfin en selle. Ce qu'elle avait espéré, c'était que Roger lui assurerait qu'elle était folle de se croire rejetée par sa famille et que sa façon d'être n'avait rien de déplacé. Elle n'avait pas prévu que les choses tourneraient de cette manière. « *Je m'en fiche*, se disait-elle crânement tout en pédalant de toutes ses forces. *Je ne veux plus revoir tous ces gens. Ni Bruce, ni Jessica, et encore moins Roger ! Puisqu'il veut que ce soit comme ça, eh bien il sera servi !* » Pourtant, elle se sentait plus triste qu'elle ne l'avait jamais été de toute son existence.

Environ un quart d'heure plus tard, engageant la voiture de son oncle dans la longue allée qui menait à la demeure Patman et actionnant la commande à distance d'ouverture du garage, Roger n'était pas plus gai. Il avait l'impression d'avoir perdu sa meilleure amie.

11

« *D*is, maman, où est Jessica ? » demanda Elizabeth en faisant son entrée dans la cuisine carrelée à l'espagnole des Wakefield.

Elle alla ouvrir le réfrigérateur et Alice Wakefield éclata de rire en voyant disparaître la tête de sa fille.

« Il y a quelque chose qui t'intéresse là-dedans ou c'est juste pour passer l'inspection ? demanda-t-elle, taquine.

— Ça m'intéresse, confirma Elizabeth qui choisit une pomme et la fit briller contre le revers de sa manche.

— Jess est dehors à la piscine », lui dit sa mère.

Elizabeth traversa la cuisine et sortit dans le jardin. Jessica, en bikini rouge, était allongée sur le plongeoir, un bras replié sur les yeux. Sa jumelle se pencha sur elle et, d'une main, fit tressauter le plongeoir.

« Tiens, un signe de vie ! s'exclama-t-elle en voyant Jessica ouvrir l'œil.

— Liz, tu ne vois pas que je suis occupée ? marmonna cette dernière.

— Ton activité me stupéfie, railla Elizabeth. Jess, je veux te parler d'Olivia.

— Olivia ? demanda Jessica d'une voix ensommeillée et comme si le nom lui était inconnu.

— Oui, Olivia. Olivia Davidson. Tu sais, la nana que tu as suivie comme son ombre pendant toute la semaine dernière.

— Eh bien quoi, Olivia ? demanda Jessica en se redressant paresseusement.

— Jess, je viens de la rencontrer en ville. Elle avait une de ces mines !

— Ah ? Elle était habillée comment ? » s'enquit Jessica, l'air enfin intéressé.

Elizabeth lui jeta un regard noir.

« Ce n'est pas du tout ce que je voulais dire. On a l'impression qu'elle n'a ni mangé ni dormi depuis plusieurs semaines. Bref, toujours est-il qu'on a pris un pot et qu'elle m'a raconté qu'elle s'est disputée avec Roger, l'autre jour. Ils ont rompu.

— Sans blague ? dit Jessica, pleinement réveillée, cette fois. Alors, elle n'ira pas à la réception avec lui, samedi prochain ?

— Je suppose que non, répondit Elizabeth. Elle ne m'en a pas parlé, mais vu son attitude, ça m'étonnerait qu'ils se rabibochent. Jess, si tu savais comme elle m'a fait de la peine !

— Moi aussi, ça m'en fait », assura Jessica en s'efforçant de prendre un air chagriné.

Elle descendit du plongeoir et ramassa son short et sa chemise, roulés en boule au bord de la piscine.

« Où vas-tu ? demanda Elizabeth.

— Offrir mes consolations ! lança Jessica en s'éloignant. C'est le moins que je puisse faire. Surtout qu'on s'est pas mal rapprochées, Olivia et moi ! »

« *Mince, j'ai vraiment mal jugé Jessica, cette fois*, songea Elizabeth. *Dire que je commençais à la soupçonner d'avoir mijoté Dieu sait quoi.* »

Pendant ce temps, Jessica, déjà parvenue à l'étage, composait le numéro des Patman.

« Roger, je peux passer te voir ? demanda-t-elle dès qu'il eut répondu. J'ai à te parler. »

Elle se dit avec insouciance qu'elle n'avait pas précisé à sa sœur qui elle avait l'intention de consoler, après tout. Tout en se changeant rapidement, elle songeait que la soirée du Country Club avait lieu dans une semaine et qu'il n'y avait pas une seconde à perdre.

« Jessica Wakefield ! Quelle bonne surprise ! s'exclama Mme Patman. Êtes-vous venue voir Roger ?

— Oui, madame, répondit Jessica avec politesse.

— Entrez, je vous en prie, dit Mme Patman, très empressée. Il est en train de lire dans le patio. Je vais vous conduire, mon petit. »

Jessica suivit son hôtesse à travers l'immense vestibule à plafond haut. Elle rêvait déjà aux soirées fabuleuses qu'elle donnerait avec Roger dans la magnifique demeure des Patman.

« Le voilà, annonça Mme Patman en ouvrant les baies vitrées qui donnaient sur le vaste patio. Roger, regarde qui est venu te voir !

— Salut, Jess, dit Roger en posant le roman qu'il était en train de lire à côté de lui.

— Bien, je vous laisse », dit Mme Patman. Et elle referma les portes vitrées derrière elle.

Jessica alla droit au fait :

« Roger, Liz m'a dit que vous vous étiez disputés, Olivia et toi.

— Ah oui ? fit Roger dont le visage s'était éclairé à la mention du nom de son ex-amie. Où est-ce qu'elle a vu Olivia ? »

« *Je fais fausse route* », songea Jessica.

« Aucune importance, déclara-t-elle. Je tenais à te dire que je suis désolée pour toi.

— Merci, Jess, dit Roger d'un ton morne.

— Mais c'était prévisible, non ? poursuivit Jessica en se laissant tomber sur une chaise longue proche. Vous êtes si différents, Olivia et toi.

— C'est-à-dire ? » s'enquit Roger.

Jessica haussa les épaules.

« Ça allait avant, quand tu étais si renfermé, souligna-t-elle. Mais je trouve que tu es devenu beaucoup plus ouvert, ces temps-ci. Tu es plus liant qu'Olivia, maintenant. Elle est si timide.

— Je n'avais jamais pensé à ça, dit Roger en dévisageant Jessica avec intérêt.

— Je ne devrais pas te le rapporter, lui dit cette dernière en simulant la gêne, mais Olivia m'a avoué qu'elle est jalouse de toi, depuis que tu vis ici. J'ai l'impression qu'elle n'a pas supporté que tu sois devenu si riche. En fait, elle m'avait même dit qu'elle allait annuler votre rendez-vous pour le bal pour que tu te retrouves tout seul et que tout le monde se paie ta tête. »

Roger devint tout rouge.

« Je ne peux pas croire qu'Olivia soit capable d'un truc pareil. »

Jessica soupira.

« Oui, admit-elle, il est plutôt difficile de comprendre ce qui lui passe par la tête, en ce moment.

— Mais pour qui elle se prend ? s'écria soudain Roger d'un ton furieux. Et il ne lui est pas venu à l'idée que je pourrais inviter quelqu'un d'autre ? Non mais !

— C'est ce que je lui ai fait remarquer, déclara Jessica d'une voix mielleuse. Je lui ai même dit que tu pouvais sortir avec qui tu voulais, tu n'avais qu'à claquer des doigts. » Jessica sourit à demi, comme embarrassée. « Je dois reconnaître que c'était plutôt culotté de ma part, admit-elle.

— Pourquoi ? »

Jessica rougit.

« Eh bien, il se trouve que je n'ai toujours pas de cavalier pour aller à ta soirée, avoua-t-elle.

— Jessica ! s'écria Roger dont le visage s'était éclairé comme sous l'effet d'une extraordinaire idée. Ça te dirait de venir à la réception avec moi ? »

Jessica joua l'embarras le plus total.

« Tu veux dire, comme si j'étais ta petite amie ? demanda-t-elle d'un ton incrédule.

— Et pourquoi pas ? répliqua Roger. Allez, Jess, accepte ! »

Jessica parut se consulter.

« Mais, et Olivia ? demanda-t-elle.

— Laisse tomber », jeta Roger. « *Tante Marie avait raison pour Olivia*, se dit-il. *J'aurais mieux fait de l'écouter plus tôt.* »

« Roger, je serai ravie de t'accompagner, déclara alors Jessica.

— Affaire conclue ! s'écria Roger en souriant à belles dents. Je suis drôlement content d'avoir eu cette idée.

— Moi aussi », murmura Jessica. « *Si tu savais à quel point* », songea-t-elle, un petit sourire aux lèvres.

« Que voulait donc Jessica ? » demanda Mme Patman en rejoignant Roger dans la salle du petit déjeuner après avoir raccompagné leur visiteuse jusqu'à sa voiture.

Roger coupa en deux le sandwich qu'il s'était préparé, hésitant à peine à prendre sa décision. Autant dire tout de suite la vérité à sa tante — son existence dans son nouveau foyer n'en serait que facilitée.

« Nous avons décidé d'aller ensemble à la réception, dit-il en mordant dans son sandwich.

— Roger, quelle idée merveilleuse ! s'exclama Mme Patman. Mais, et que devient ta petite camarade ? Celle à qui tu tenais tant ?

— Olivia ne veut plus y aller avec moi, dit Roger. On s'est disputés, ajouta-t-il.

— Miranda, servez donc un verre de lait à Roger, lança Mme Patman à l'adresse de la domestique qui rangeait des provisions dans le réfrigérateur. Ne t'en fais pas, mon chéri, dit-elle à son neveu. Vous formez un si beau couple, Jessica et toi !

— Oui, je suppose », dit Roger.

Il avala une gorgée du lait frais que lui tendait Miranda. « *Je m'en moque, de "former un beau couple"*, lui soufflait une petite voix navrée à l'intérieur de lui-même. *Ce que je veux, c'est être avec Olivia.* »

« Lila Fowler ? Oh oui, M. Townsend vous attend, dit Suzanne en consultant le carnet de rendez-vous posé devant elle. Asseyez-vous donc, je vais vous annoncer. Allô, Lane ? Mlle Fowler est arrivée. »

Lila se trémoussait avec nervosité sur son siège. Elle espérait qu'elle présentait bien. Elle portait l'une de ses toilettes les plus coûteuses : un pantalon de lin crème, des talons hauts et un chemisier de soie turquoise à lavallière. La veille, elle avait mis des rouleaux et, au matin, avait vaporisé de la laque sur les boucles pour les faire tenir. Son visage la tiraillait un peu, à cause de l'excès de maquillage, mais elle ne doutait pas que son allure d'ensemble ne fût très séduisante. « *Regina ne se maquille même pas* », songea-t-elle avec dédain.

« Je suppose que vous êtes Lila », dit Lane Townsend, souriant, en s'avançant vers la visiteuse.

Il lui tendit une main, que Lila serra avec gaucherie. Lane la regarda plus attentivement et une expression intriguée apparut sur son visage.

« Je vous trouve quelque chose de familier, lui dit-il. Est-ce que je vous ai déjà reçue ici ?

— Non, monsieur, répondit Lila en espérant qu'il ne se rappellerait pas l'avoir vue au lycée.

— Voilà ce que c'est ! observa Lane en souriant. Je vois tellement de jolies filles ! Je vous prie de m'excuser. Quoi qu'il en soit, je suis heureux de vous recevoir. Si vous voulez vous donner la peine d'entrer. »

Le luxe des bureaux qui se trouvaient au-delà de la réception éblouit Lila. Les parois des pièces étaient recouvertes de miroirs et une épaisse moquette couleur crème, qui s'enfonçait sous les pas, tapissait le sol.

« Asseyez-vous, je vous en prie », dit aimablement

Lane en conduisant sa visiteuse dans une immense pièce aux murs lambrissés.

Un vaste bureau occupait un angle et des photos de mannequins célèbres, figurant pour la plupart aux côtés de stars de cinéma, s'étalaient sur les murs. Le cœur battant, Lila s'assit dans le fauteuil que Lane lui désignait.

« Voyons, dit-il en s'installant à son bureau et en allumant une pipe, que puis-je pour vous ? »

Lila rougit.

« Eh bien, j'aurais voulu avoir des informations sur le concours d'*Ingenue*, monsieur. »

Lane soupira.

« Mon Dieu, nous l'avons clos il y a déjà plusieurs semaines. »

Lila parut catastrophée.

« Pour être franc, nous avons fait une véritable découverte. J'ai rencontré par hasard en ville une jeune fille, d'à peu près votre âge, je pense. Ce genre de choses ne nous arrive pas souvent, à nous autres agents, Lila. Mais lorsque cela se produit, on se dit que le métier en vaut la peine. La jeune fille en question s'appelle Regina et elle est parfaite. » Lane tira une bouffée de sa pipe, sourit. « Elle est même si parfaite que nous l'avons engagée sur-le-champ et que nous avons clos le concours.

— Je vois, dit laconiquement Lila, le visage empourpré.

— Ce n'est pas une fille ordinaire, poursuivit Lane d'un ton pensif sans remarquer le changement d'expression de sa visiteuse. Non seulement elle est belle et n'a rien d'une enfant gâtée, du moins autant que je puisse en juger, mais en plus, elle a réussi à surmonter un sérieux handicap et à mener une vie normale. Elle a produit une si forte impression sur les gens d'*Ingenue* qu'ils ont décidé de la faire paraître en couverture de leur prochain numéro et de lui consacrer un article.

— C'est gentil », dit Lila sans le moindre élan.

Il n'y avait rien qu'elle ne désirât moins que d'entendre vanter les mérites de Regina. Elle songea avec rancœur que Lane Townsend était *forcément* amoureux d'elle. C'était grâce à ce genre de choses que beaucoup d'actrices et de mannequins commençaient leur carrière, non ?

Comme s'il avait déchiffré ses pensées, Lane Townsend se leva et ajouta en souriant :

« Comme d'habitude, c'est à ma femme, Laurie, que revient le mérite de la découverte. Elle est rédactrice en chef d'*Ingenue* et c'est elle qui a repéré Regina la première lorsque nous étions en ville ensemble.

— Bon, eh bien, merci d'avoir accepté de me recevoir », marmonna Lila qui n'en avait que trop entendu. Et elle saisit son sac.

Lane éclata de rire.

« Mon métier est justement de recevoir des jolies filles, lui dit-il. Ne soyez donc pas trop déçue, Lila. Vous êtes ravissante mais je crains que vous n'ayez pas une "bonne ossature". Vous seriez surprise de voir à quel point votre visage paraîtrait dénué de relief sur une photographie. D'ailleurs, acheva-t-il en la raccompagnant jusqu'à la porte, le métier de mannequin est un métier difficile. Vous me remercierez d'ici quelques années. »

« *C'est ça, compte là-dessus* », songea amèrement Lila en le quittant avec précipitation. « *Un visage sans relief, hein !* » Elle passa en trombe devant

Suzanne, sortit et appuya sur le bouton d'ascenseur d'un doigt tremblant. « Belle journée, n'est-ce pas ? » observa le portier dans le hall de l'immeuble. Mais Lila ne lui répondit pas. « C'est une journée *horrible*, oui », marmonna-t-elle pour elle-même en se ruant au-dehors et en courant jusqu'à sa voiture. Lila s'avisait tout à coup que la vie à Sun Valley avait été bien agréable *avant* l'arrivée de Regina Morrow.

12

*A*u cours de l'après-midi qui précédait la réception, Roger s'était rendu dans le vestiaire de son oncle, à la recherche d'une paire de boutons de manchettes. « Où peut-il bien ranger ce genre de trucs ? » marmonna-t-il en ouvrant un énième tiroir. Soudain, il entendit un froissement de tissu, dans la chambre de maître. Mme Patman venait d'entrer et composait un numéro de téléphone.

« Allô, Marjorie ? dit-elle dans le récepteur. Ici Marie Patman. Comment allez-vous, ma chère ? »

Roger se figea devant le tiroir encore ouvert, ne sachant comment réagir. S'il sortait par la chambre, sa tante serait peut-être furieuse de son intrusion et lui reprocherait d'avoir fouillé dans les tiroirs. Bien que son oncle Henry l'eût autorisé ce matin-là à venir chercher les boutons de manchettes, Roger redoutait une colère de sa tante — d'autant plus que les choses s'étaient déroulées à merveille pendant toute la semaine. Il résolut de se tenir coi et d'attendre que Mme Patman eût achevé sa conversation téléphonique et fût redescendue au rez-de-chaussée.

« Je tenais simplement à m'assurer que vous pourriez être présents à notre réception, ce soir, lui entendit-il dire. Oui nous aussi, nous sommes impatients. Je crois que ce sera une soirée tout à fait *spéciale*. »

Il y eut une longue pause, au cours de laquelle Roger retint son souffle, soucieux de ne pas trahir sa présence.

« Oh non, Dieu merci ! entendit-il Mme Patman s'exclamer en riant. Il a rompu avec elle. Et j'avoue que je ne le regrette pas. Elle était épouvantable. »

Roger se raidit. « *Mais de qui tante Marie parle-t-elle ? J'espère que ce n'est pas d'Olivia* », songea-t-il, le visage soudain brûlant.

« Oh oui, ma chère, répondait Mme Patman d'un ton assuré. Il y va avec Jessica Wakefield. Vous vous souvenez d'elle ? Au barbecue. »

Il y eut une autre interruption, puis elle reprit :

« C'est ça, la jolie blonde qui a une sœur jumelle. Pour être franche, je crois que je devrais remercier Jessica. » Et Mme Patman pouffa de rire.

Roger restait immobile, la bouche sèche, le cœur battant. Qu'est-ce que c'était que cette histoire ?

« Eh bien, confia Mme Patman en baissant la voix, je ne sais pas *comment* Jessica s'y est prise exactement. Nous avons eu une petite conversation le jour du barbecue et je ne lui ai pas caché ce que je pensais de l'amie de Roger. Tout ce que je sais, c'est qu'elle s'est mise ensuite à sortir beaucoup avec cette fille. Et pour finir, il y a une semaine, Roger m'a appris qu'il avait rompu avec elle ! »

Mme Patman écouta de nouveau son amie à l'autre bout du fil puis éclata de rire.

« Vous avez raison, Marjorie, approuva-t-elle. Les jeunes d'aujourd'hui sont de plus en plus délurés. Bon, il faut que je vous quitte, ma chère. Je dois descendre m'entretenir avec le traiteur. Je suis enchantée de savoir que vous serez des nôtres comme prévu. »

Roger guetta le déclic du récepteur, attendit d'avoir entendu le frou-frou de la robe de sa tante, traversant la chambre, et le bruit amorti de la porte qui se refermait. Il sortit alors du vestiaire, sans plus penser aux boutons de manchettes. Jamais il n'avait ressenti d'aussi violente colère. Maintenant qu'il connaissait la vérité, les incidents des semaines écoulées prenaient sens à ses yeux. C'était donc pour cela que Jessica s'était soudain montrée si amicale avec Olivia ! Roger claqua la porte et courut dans le couloir, vers sa propre chambre.

Comment avait-il pu croire aussi facilement toutes les stupidités que Jessica lui avait dites au sujet de la prétendue jalousie d'Olivia ? Et il y avait plus grave encore : il s'était sans le vouloir rendu complice d'un coup monté parce qu'il n'avait pas eu le cran de s'affirmer et de dire à sa tante de se mêler de ses affaires. Obnubilé par le désir de devenir un Patman, il en était venu à penser qu'Olivia n'était pas convenable pour lui. « Pas étonnant qu'elle ne veuille plus me voir ! » s'écria-t-il à voix haute. Et, apercevant le smoking que son oncle avait étalé sur le lit à son intention, il eut envie de pleurer. « *Pas question que j'accompagne Jessica au bal de ce soir* », jura-t-il. D'abord, il pensa qu'il ne s'y rendrait pas. Puis il se rendit compte que cela ne réglait rien.

Un plan commença à prendre forme dans son esprit et, saisissant le téléphone, il composa le numéro des Wakefield. La sonnerie retentit une première fois, puis une seconde... Roger songeait que l'important était de faire comprendre la vérité à Olivia, même si elle ne lui pardonnait pas pour autant la façon dont il avait agi. « Décrochez, bon sang », chuchota-t-il, le visage rouge de colère et d'angoisse. Pourvu qu'il ne fût pas trop tard !

« Jessica, téléphone ! lança Alice Wakefield en s'avançant jusqu'au pied de l'escalier. Les filles, combien de fois faudra-t-il répéter de décrocher lorsque ça sonne ? » Mme Wakefield travaillait à un nouveau projet de décoration et détestait être interrompue en pleine activité.

« Désolée, maman ! répondit Jessica. J'étais en train de me faire un rinçage ! Ça y est, j'ai pris la communication ! »

Elle porta le récepteur à son oreille tout en s'essuyant les cheveux à l'aide d'une serviette.

« Salut, Roger. Qu'est-ce qu'il y a ?

— Jessica, je peux passer te voir une minute ? J'ai besoin d'un conseil, dit Roger en s'efforçant de garder une voix aussi naturelle que possible.

— Euh, oui, bien sûr. Quelque chose ne va pas ? demanda Jessica, intriguée.

— Non, Jess, aucun problème, mentit Roger. Dis, Liz sera là ?

— Je pense, dit Jessica dont la perplexité s'accrut. Pourquoi ?

— J'aimerais bien vous parler à toutes les deux. Je peux venir tout de suite ?

— Sûr ! » répondit Jessica en raccrochant.

Elle se démêla les cheveux pensivement. Elle avait trouvé la voix et l'attitude de Roger plutôt étranges et espérait qu'il ne s'était rien produit de fâcheux.

Une demi-heure plus tard, Roger se trouvait assis au bord de la piscine des Wakefield.

« Alors, Roger, qu'est-ce qu'il y a ? » demanda Elizabeth d'un air inquiet.

Elle était rentrée quelques minutes plus tôt, de retour de la bibliothèque, où elle avait effectué des recherches en vue du concours de pièces de théâtre. Après plusieurs jours de réflexion, elle avait décidé de choisir comme personnage sa poétesse favorite, Elizabeth Barret Browning.

Roger se leva et arpenta le sol, mains dans les poches.

« J'ai besoin de votre aide, dit-il en regardant tour à tour les deux jumelles. J'ai fait une énorme bourde et si je n'essaie pas de la réparer tout de suite, je ne me le pardonnerai jamais ! Ou plutôt, rectifia-t-il, Olivia ne me le pardonnera jamais. »

Jessica se mordit la lèvre, s'efforçant de garder bonne contenance.

« Si tu nous expliquais ce qui ne va pas, Roger, suggéra Elizabeth d'une voix compatissante.

— Jess, je ne peux pas aller au bal avec toi ce soir ! explosa Roger. Comment est-ce que je pourrais m'amuser avec toi pendant qu'Olivia sera toute seule chez elle et m'en voudra à mort ?

— Je l'ignore », répondit Jessica d'un ton pincé.

Elizabeth jeta un regard aigu à sa sœur.

« Qu'est-ce qu'on peut faire pour t'aider ? » demanda-t-elle tranquillement.

Roger fit semblant de réfléchir.

« Je me demande si... commença-t-il. Non, ça ne marchera jamais ! » Et il secoua la tête.

« Qu'est-ce qui ne marchera jamais ? demanda Elizabeth.

— Eh bien, je me disais que si on allait tous les trois trouver Olivia maintenant, on pourrait peut-être la faire changer d'avis. Jess, je sais que vous êtes devenues *très proches*, toutes les deux. »

Jessica se mordillait les lèvres avec anxiété. A voir la façon dont Roger la regardait, elle devinait qu'il savait plus de choses qu'il ne voulait bien en dire.

« Je crois que vous devriez y aller sans moi, assura-t-elle. Liz est plus douée que moi pour ce genre de trucs. Elle est très diplomate.

— Merci », lâcha sèchement Elizabeth.

Elle commençait à soupçonner sa sœur de n'avoir guère aidé Olivia, contrairement à ses affirmations, et la regarda sans aménité.

« Tu ne serais pas *gênée* de venir, par hasard ?

— Liz, allons-y vite, coupa Roger. On n'a pas beaucoup de temps ! »

Jessica les regarda partir en hâte et secoua la tête, éberluée. C'était inouï ! L'invité d'honneur du plus grand bal de la saison l'avait plaquée ! Il y avait *des lustres* qu'elle attendait cette soirée. Maintenant, tout le monde allait savoir que Roger l'avait laissée tomber.

Mais Jessica ne remuait jamais très longtemps des idées noires. Elle se leva, se rendit dans le salon, décrocha le téléphone et composa un numéro. Pas question de passer la soirée à se morfondre à la maison !

« Allô ? répondit une voix masculine.

— Neil ! s'exclama Jessica dont l'expression était déjà moins désespérée. Ma parole, c'est ton jour de veine. Ça te dirait de m'accompagner à la réception des Patman au Country Club, ce soir ? »

13

« *L*iz, tu crois qu'elle vou-
dra me voir ? demanda Roger en engageant sa
voiture dans la rue d'Olivia.

— Je ne vois pas pourquoi elle refuserait, Roger »,
assura Elizabeth.

Mais elle avait des doutes. Roger l'avait mise au
courant de tout. « *Laisser faire Jessica, voilà ce que
ça donne* », songeait-elle.

« Bon, à-Dieu-vat ! » dit Roger avec nervosité.

Il se gara dans l'allée des Davidson et resta un instant immobile au volant, regardant avec plaisir la
maison basse de son amie. Elle était petite mais très
jolie et son toit plat de tuiles rouges à l'espagnole
s'harmonisait avec sa façade enduite de stuc blanc.
Roger et Elizabeth sortirent de voiture et traversèrent l'allée pavée qui conduisait au seuil. Roger
inspira profondément et sonna.

« Tiens, bonjour, Roger, dit chaleureusement

Mme Davidson. Il y a un moment qu'on ne s'était vus. Comment vas-tu ?

— Je vais très bien, répondit Roger qui se demanda jusqu'à quel point Olivia s'était confiée à sa mère en ce qui le concernait. Vous connaissez Elizabeth Wakefield ?

— J'ai beaucoup entendu parler de vous, dit Mme Davidson en souriant à Elizabeth. C'est vous qui écrivez "Les Yeux et les Oreilles".

— Oui, c'est ça, répondit Elizabeth en souriant à son tour.

— Si vous veniez tous les deux au jardin ? proposa Mme Davidson. Je vais voir ce que fait Olivia.

— Que c'est beau ! » s'écria Elizabeth alors que leur hôtesse les introduisait dans un grand patio rectangulaire, qui formait le centre de la maison. Il était clos en hauteur par une verrière et, en son milieu, des arbustes et des fleurs entouraient une fontaine de marbre.

« Mon frère est architecte, dit Mme Davidson en souriant à ses visiteurs. C'est lui qui a dessiné cette maison pour nous lorsque Olivia est née. »

Elle revint quelques instants plus tard, regardant Roger et Elizabeth avec une certaine confusion.

« Olivia sera là dans quelques minutes, leur dit-elle. Je vous sers une boisson fraîche en attendant ?

— Non, merci », répondirent-ils en chœur, trop nerveux pour pouvoir rien avaler.

Olivia fit enfin son entrée dans la pièce-jardin. Elizabeth trouva son amie plus jolie que jamais. Ses boucles brunes étaient retenues par un ruban tressé argent et or et elle portait une ample chemise de coton masculine, ceinturée par-dessus une jupe à fleurs. Elle était nu-pieds. Mais elle redressait si fièrement la tête qu'Elizabeth songea, pour la seconde fois, qu'elle avait l'allure d'une princesse.

« Salut, Liz », dit Olivia avec timidité, en souriant sans effort apparent.

Elle se tourna vers Roger et son sourire s'effaça, mais ce fut d'une voix calme qu'elle ajouta :

« Salut, Roger. »

Elle ne voulait surtout pas leur laisser deviner, ni l'un ni l'autre, à quel point elle avait été bouleversée lorsqu'elle avait entendu la voiture de Roger se garer dans l'allée, dix minutes plus tôt. La visite l'avait surprise alors qu'elle était en train de griffonner furieusement dans son journal, les yeux humides de larmes à la vision de Roger et de Jessica dansant aux bras l'un de l'autre. A présent, elle avait recouvré son calme, en apparence, du moins.

« Olivia, commença Roger, je te dois des excuses. »

Olivia parut interdite. C'était bien la dernière chose qu'elle s'attendît à lui entendre dire !

« Comment ça ? demanda-t-elle timidement.

— Je me suis comporté comme un imbécile, continua Roger. Livia, j'ai tant de choses à t'expliquer ! Tu veux bien m'écouter ? »

Olivia regarda Roger, puis Elizabeth.

« Mais qu'est-ce qui se passe ? demanda-t-elle. Où est Jessica ? »

Elizabeth rougit. Si répréhensible que fût la conduite de sa jumelle, elle ne supportait pas d'en dire du mal devant quelqu'un d'autre. En fait, elle en venait toujours à prendre sa défense. Mais cette fois, la colère eut raison d'elle.

« Jess est à la maison, Olivia, dit-elle. Elle a assez fait de mal comme ça !

— Je ferais peut-être mieux de m'asseoir »,
observa alors Olivia d'une voix peu assurée.

Elle tira une chaise jusqu'à l'endroit où se tenaient
assis ses visiteurs.

« Okay. Bon, de quoi est-ce que vous pouvez bien
vouloir parler ?

— Olivia, j'ai entendu une conversation de ma
tante, au téléphone, ce matin », commença Roger.

Olivia lui adressa un regard aigu et il rougit.

« Je n'écoutais pas aux portes, expliqua-t-il avec
précipitation. C'était par accident. Elle parlait à
Mme Ferguson, tu sais, cette horrible bonne femme
dont je t'ai parlé. Celle sur qui j'ai renversé du vin.
Bref, ma tante lui disait qu'elle avait eu une petite
conversation avec Jessica, à notre barbecue, et qu'elles avaient décidé toutes les deux de nous manœu-
vrer. Leur plan, acheva amèrement Roger, était de
t'amener à te sentir mal à l'aise avec moi et de me
persuader que tu n'étais pas assez bien pour les
Patman. »

Olivia s'empourpra.

« Tu veux dire que Jessica m'a traînée partout
avec elle dans le seul but de me faire croire que j'étais
une cloche ? demanda-t-elle. Eh ben, on peut dire
qu'elle a réussi. »

Elizabeth se sentait affreusement mal à l'aise et ne
savait que dire. Roger éleva de nouveau la voix :

« Ce n'est pas seulement la faute de Jessica. Si je
n'avais pas été si mal dans ma peau, je n'aurais
jamais cru à sa petite comédie. Et puis je n'ai pas eu
assez de confiance en moi pour résister à ma tante.
Elle désapprouve tous les trucs qui comptent pour
moi. Elle veut que je fasse du tennis et pas de la
course, que je m'intéresse aux affaires et pas à la

médecine... Ce qu'elle veut, c'est que je sois comme Bruce et je ne suis pas Bruce. Je n'ai pas eu le courage de lui montrer qui je suis vraiment. J'étais trop préoccupé par l'idée de lui plaire pour voir clair dans son jeu. En fait, j'ai marché à fond. »

Olivia parut songeuse.

« Tu as raison, dit-elle à Roger. Mais tu n'es pas le seul à blâmer. »

Elle rit de bon cœur en se rappelant combien elle s'était sentie mortifiée au barbecue et sur le court de tennis.

« Si j'avais été un peu plus sûre de moi, Jessica aurait pu raconter ce qu'elle voulait, ça m'aurait été égal. » Elle rit de nouveau. « On peut dire qu'on s'est comportés comme deux imbéciles de première, déclara-t-elle.

— Olivia, reprit Roger, ce matin, quand j'ai entendu ma tante, je me suis dit que je n'irais pas à la réception de ce soir, même si on me payait. Et puis j'ai réfléchi. Les Patman donnent cette soirée pour faire impression et je ne veux pas être en reste. Olivia, tu veux venir au bal avec moi ? »

Olivia le regarda avec étonnement.

« Je ne te comprends pas, dit-elle. Tu veux quand même que je vienne, malgré ce que ta tante pense de moi ? »

Roger hocha la tête.

« Je veux leur montrer que si le fait d'être un Patman a modifié mon nom et la quantité de fric que je possède, ça ne m'a pas changé, moi, déclara-t-il. Je t'aime, Olivia, et rien ne pourra m'empêcher de te voir. Ni ce soir, ni dans l'avenir. Et je tiens à ce que tout le monde le sache. Spécialement ma tante.

Enfin, si tu veux bien venir, acheva-t-il d'un air anxieux.

— Ce n'est pas ça qui va me faire accepter par ta famille, l'avertit Olivia.

— Il y a *un* Patman qui te trouve très bien, lui dit Roger en lui prenant la main. Il te trouve même parfaite. Et à mon avis, à nous deux, on peut leur faire comprendre que c'est tout ce qui compte !

— Eh bien... » fit Olivia d'une voix hésitante.

Et elle regarda tout à tour les deux amis qui lui faisaient face, attendant sa réponse. Soudain, elle éclata de rire : pour la première fois depuis de nombreux jours, Olivia se sentait de nouveau elle-même.

« D'accord ! s'écria-t-elle. Affaire conclue, Roger Patman !

— Il est presque cinq heures ! s'exclama alors Elizabeth en consultant sa montre. On ferait mieux de se dépêcher, sinon, aucun de nous n'y sera, ce soir !

— Elle a raison », dit gaiement Roger.

Il se leva, prit les mains d'Olivia entre les siennes et attira son amie entre ses bras.

« Je reviens te chercher d'ici deux heures, lui murmura-t-il. Olivia, tu viens de me rendre très heureux !

— Liz, dit Olivia avec anxiété à l'instant où elle s'apprêtait à se séparer de ses deux visiteurs, tu veux bien venir une minute dans ma chambre ? Je voudrais te demander quelque chose. »

Elizabeth suivit Olivia et attendit, pendant que celle-ci fouillait dans son armoire.

« Maintenant, sois franche, Liz, demanda Olivia d'une voix insistante en sortant la robe lilas qu'elle avait confectionnée. Qu'est-ce que tu penses de ce truc-là ? Est-ce que je vais être la risée de tout le monde et ridiculiser Roger, si je la mets ? »

Elizabeth passa la main sur le fin tissu de coton et ses yeux s'écarquillèrent.

« Ce n'est quand même pas la robe que tu as faite, si ? »

Olivia hocha la tête.

« Dis-moi la vérité, Liz. C'est une horreur ?

— Une horreur ? ! »

Elizabeth dévisagea Olivia avec étonnement, puis éclata de rire.

« Livia, elle est superbe ! assura-t-elle. Je n'en reviens pas que tu l'aies faite toi-même ! »

Olivia parut hésiter à poser l'autre question qui lui brûlait les lèvres.

« Liz, dit-elle enfin d'un ton grave, est-ce que tu penses que je mettrai Roger mal à l'aise, si je la porte ? Tu comprends, personne ne sera habillé comme ça. Je ne veux pas le blesser.

— Livia, tu ne vois pas qu'il t'aime parce que tu es *différente* des autres ? Je pense bien que personne n'aura une robe comme la tienne ! Elle est très belle et je suis sûre que Roger sera très fier de toi ! » Elizabeth étreignit impulsivement son amie. « Moi aussi, je suis plutôt fière de toi », dit-elle en riant.

Le rire d'Olivia se joignit au sien.

« J'ai l'impression d'être Cendrillon, observat-elle d'un ton heureux en replaçant la robe dans l'armoire.

— Moi aussi ! s'écria Elizabeth. Si je ne suis pas rentrée à la maison d'ici dix minutes, je vais me changer en citrouille ! Va prendre un bon bain, conseilla-t-elle encore à son amie, et puis fais-toi belle. J'ai idée que ça va être une sacrée soirée ! »

« Jessica ! » cria Elizabeth en martelant la porte de la salle de bains pour dominer le vacarme de la douche, où sa jumelle chantait à tue-tête. Elle secoua furieusement la poignée. « J'entre ! » menaça-t-elle. La chanson s'interrompit d'un coup et, quelques secondes plus tard, Jessica ouvrit la porte.

« Liz ! s'exclama-t-elle en resserrant autour d'elle la serviette bleue qui l'enveloppait. Il ya des *heures* que j'attends ton retour !

— Ah oui ? Sans blague ? grogna Elizabeth en suivant sa sœur jusque dans sa chambre d'un pas furieux et en refermant la porte d'un claquement sec.

— Tu ferais mieux de te préparer, lui dit Jessica. Tu ne veux quand même pas être en retard au bal.

— Le *bal*, déclara Elizabeth avec colère. Justement, je voulais t'en parler, Jess.

— Le *bal*, fit Jessica en singeant le ton de sa sœur. Eh bien, il attendra, Elizabeth Wakefield. Tu étais au courant de ça ? » Et elle brandit le dernier numéro d'*Ingenue*.

Elizabeth tressaillit.

« Où tu as eu ce truc ? » demanda-t-elle en arrachant la revue des mains humides de sa sœur. Pas de doute, Regina Morrow était bien en couverture, et plus belle encore qu'Elizabeth ne l'aurait imaginé.

« C'est Clara qui l'a apporté, lui dit Jessica tout en essuyant ses cheveux mouillés avec une serviette. Elle l'a eu au drugstore. Et ce que j'aimerais bien savoir, c'est pourquoi tu n'as pas du tout l'air surpris de voir ça. »

Repoussant l'amas de vêtements qui s'y amoncelait, Elizabeth se laissa tomber sur le lit de sa jumelle.

« Minute, petite sœur, dit-elle, faisant ainsi allusion au fait que Jessica avait quatre minutes de moins qu'elle. Chaque chose en son temps. Et d'abord, j'aimerais bien savoir ce que tu fabriquais avec Olivia Davidson, ces dernières semaines. »

Jessica écarquilla ses yeux bleu-vert d'un air innocent.

« J'essayais de l'aider, Liz, dit-elle d'une voix sucrée.

— De l'aider à *quoi* ? A croire qu'elle n'était pas assez bien pour Roger ?

— Liz, tu sais que je suis incapable de faire délibérement un truc pareil, insista Jessica. Je ne pouvais pas deviner qu'Olivia manquait à ce point d'assurance. Je t'assure que je voulais l'aider. Mais je ne sais pas pourquoi, j'ai tout fait de travers.

— C'est le moins qu'on puisse dire », commenta Elizabeth.

Comme si elle avait senti faiblir la colère de sa jumelle, Jessica lui jeta les bras autour du cou.

« Liz, tu sais bien que je n'aurais jamais voulu faire de mal à Roger et Olivia, hein ? »

Elizabeth fit un signe négatif.

« Mais non, je ne ferais jamais un truc aussi moche, lui certifia Jessica. Ce n'est pas comme Lila Fowler. Je t'assure, Liz, je n'ai jamais cru un mot de ce qu'elle racontait sur Regina. Tu sais qui est en réalité le type avec qui Regina sortait, soi-disant ?

— Qui ça ? » demanda Elizabeth, cédant déjà.

Jessica feuilleta le dernier numéro d'*Ingenue* et l'ouvrit à l'article consacré à Regina.

« C'était Lane Townsend, le patron de l'agence Townsend ! s'exclama-t-elle. Regina est drôlement bien, tu ne trouves pas ?

— Elle est superbe, approuva Elizabeth en regardant les photographies par-dessus l'épaule de sa sœur.

— Liz, dis-moi, demanda Jessica en se plaçant debout devant sa sœur et en se creusant les joues, qu'est-ce que tu en penses ? Tu me vois en cover-girl ?

— Jessica Wakefield, ce n'est même pas la peine d'y penser ! » lâcha Elizabeth.

Et elle ne put s'empêcher de rire de bon cœur en voyant l'expression déconfite de sa jumelle. Elle ne parvenait jamais à rester en colère contre Jessica bien longtemps, quoi qu'elle en eût.

« Si je comprends bien, tu t'es trouvé un autre cavalier pour ce soir, reprit-elle tout en retournant vers sa chambre, le magazine replié sous son bras.

— J'y vais avec Neil », dit Jessica d'un ton léger. Elle ouvrit un tiroir de sa commode et fit la grimace à la vue de son contenu. « Oh, Liz, à propos de rendez-vous, j'allais oublier. Todd a téléphoné trois fois, pendant ton absence. Il a dit qu'il devait *absolument* te parler. Je crois que ça a quelque chose à voir avec Regina et le magazine. »

« *Il ne manquait plus que ça !* songea Elizabeth en refermant la porte de Jessica et en se rendant dans la salle de bains. *Ah, la soirée promet !* »

14

« *L*e club est super, hein ? » dit Neil à Jessica.

Les imposantes colonnes du bâtiment principal étaient illuminées par les projecteurs installés sur la pelouse et Jessica eut un frisson d'excitation à ce spectacle.

« Tu as froid ? » demanda son cavalier en profitant de l'occasion pour l'enlacer.

Jessica secoua la tête, le regard brillant. La soirée était magnifique.

« Restons un peu dehors », pria-t-elle.

De là où ils se trouvaient, on pouvait assister à l'arrivée des voitures des invités. Et puis, Jessica aimait bien faire une entrée remarquée et elle n'ignorait pas qu'elle était superbe dans sa robe claire à décolleté plongeant que soulignait son collier d'or, luisant doucement sur sa peau hâlée.

« Je croyais que Todd et Elizabeth nous suivaient, observa Neil. Où sont-ils passés ?

— Oh, je n'en sais trop rien, répondit Jessica en haussant les épaules. Je crois que Todd avait un truc à dire à Liz. Regarde, voilà Lila. Tu connais le type qui l'accompagne ? »

Neil secoua la tête tout en observant le garçon qui offrait galamment son bras à leur camarade.

« Ça doit être l'étudiant qu'elle trouve si extraordinaire, supposa Jessica. Je crois qu'il s'appelle Drake.

— Allez, viens, Jess, entrons », insista Neil.

La salle de bal se trouvait dans le bâtiment principal du Country Club. Jessica elle-même, qui était à présent plutôt critique sur les Patman, dut reconnaître que le décor était magnifique. Des tables s'alignaient de chaque côté de la salle, recouvertes de nappes en dentelle blanche. Au centre de chacune d'elles, se dressait une vasque d'eau claire où flottaient de petites bougies. Un enivrant parfum de fleurs s'exhalait dans l'air : il y en avait partout, sur les tables, près des portes et des fenêtres. Lorsque Jessica et Neil firent leur entrée, de nombreuses silhouettes familières se pressaient déjà dans la salle. Installé sur une estrade dans un coin de la vaste pièce, un orchestre était en train de jouer : les Patman avaient engagé le quartette de l'un des meilleurs clubs de jazz de la ville.

« Ils n'ont pas lésiné, chuchota Neil.

— Jessica, quel plaisir de vous voir », dit Mme Patman en se détachant du groupe familial pour serrer la main de sa jeune invitée.

Mme Patman était superbe à voir. Ses cheveux noirs étaient relevés en chignon et l'arrondi du col de sa robe de satin bleu sombre mettait en valeur le collier de diamants qu'elle portait.

« Je suis ravie d'être là ce soir », dit poliment Jessica.

Que Mme Patman fût ou non surprise de la voir en compagnie de Neil, elle n'en laissa rien paraître.

« Jessica ! s'exclama Roger en lui prenant la main avec une courtoisie moqueuse. Je croyais que tu serais trop fatiguée pour venir. Pas toi, Livia ? poursuivit-il en se tournant vers Olivia. Après tout le mal qu'elle s'est donné pour toi depuis quinze jours ?

— Je me sens très bien, soutint Jessica.

— Ah, je vois que Neil est l'heureux élu ! ajouta Roger.

— Qu'est-ce que c'était que tout ce cirque ? demanda Neil en se rapprochant des danseurs.

— Je n'en ai pas la moindre idée, répondit Jessica en se coulant dans ses bras alors que l'orchestre attaquait un tube à la mode. J'ai comme l'impression que la récente fortune de Roger lui a tourné la tête. » Et elle pouffa.

« Tiens, ça y est, ta sœur est là, annonça Neil en voyant arriver Todd et Elizabeth.

— C'est beau, hein ? » dit Elizabeth à son ami alors qu'ils s'avançaient vers leurs hôtes.

Elizabeth salua poliment chacun des Patman. Mais une fois parvenue devant Olivia, elle étreignit chaleureusement son amie.

« Tu es très belle », dit-elle avec sincérité.

La couleur lilas de la robe d'Olivia allait à ravir avec son teint clair et ses boucles brunes. Et aucun maquillage n'aurait pu ainsi lui rosir les joues, faire ainsi briller ses yeux. Elle rayonnait de bonheur.

Les musiciens attaquèrent un slow et Todd attira Elizabeth entre ses bras.

« Dansons, lui dit-il d'une voix troublée.

— Alors, tu n'es plus fâché contre moi ? plaisanta Elizabeth en nouant ses bras autour de son cou. J'ai cru que tu allais me forcer à venir jusqu'ici à pied après avoir vu la photo de Regina sur le magazine !

— J'étais un peu vexé, murmura Todd contre l'oreille d'Elizabeth. Je ne supportais pas que tu m'aies caché ça. Mais tu sais, Liz, c'est l'un des trucs que j'aime le plus chez toi. Tu es une amie loyale et tu sais tenir une promesse.

— Et qu'est-ce que je dois promettre, maintenant ? chuchota Elizabeth en se serrant davantage contre lui.

— De bien t'amuser ce soir, répondit doucement Todd. C'est tout ce que je demande. »

« *Impossible de refuser ça* », songea Elizabeth en s'abandonnant dans les bras de son copain, les yeux clos. Malgré toutes les inquiétudes qu'elle avait éprouvées, le bal promettait pourtant d'être l'un des plus réussis auxquels elle eût assisté.

« Qui c'est ? » demanda à voix basse Olivia à Roger.

Elle était soulagée de voir enfin arriver les derniers invités, tant elle avait dû sourire au cours de l'heure écoulée. Elle s'avouait d'ailleurs que cela n'était pas si difficile, pas avec son copain à ses côtés.

Roger fit la grimace en identifiant le couple qui se dirigeait vers eux.

« Marjorie et Humphrey Ferguson, annonça-t-il. "La Brute et le Truand" pour les intimes.

— Ça alors, Roger ! Quelle surprise ! s'exclama Mme Ferguson en toisant Olivia comme si elle n'était qu'un vulgaire insecte. Je croyais que tu serais avec ta jolie blonde, ce soir ! »

Un silence mortel se fit parmi les Patman et Olivia rougit jusqu'à la racine des cheveux. Roger s'éclaircit la voix.

« Madame Ferguson, voici mon amie, Olivia, dit-il d'un ton ferme. Il y a eu en effet un léger malentendu, mais heureusement, elle a pu venir. Je suis très content de vous la présenter.

— *Vraiment* ! fit Mme Ferguson en relevant le nez avec dédain. Enchantée de vous connaître », dit-elle à Olivia sans la moindre sincérité.

Roger et Olivia échangèrent un sourire complice.

« Roger, demanda Mme Patman alors que la famille se séparait après avoir accueilli les derniers invités, puis-je te dire un mot en privé ?

— Bien sûr, dit Roger. Excuse-moi une minute », ajouta-t-il à l'intention d'Olivia en la quittant sur une pression de main.

Mme Patman emmena Roger dans le vaste vestiaire proche du grand hall d'entrée.

« Ta conduite est inqualifiable ! siffla-t-elle. De quel droit t'es-tu permis de parler sur ce ton à Mme Ferguson ! Tu ne comprends donc pas que son mari et elle sont d'importantes relations de ton oncle ?

— Voyons, du calme », intervint soudain une voix joviale.

M. Patman avait suivi sa femme et son neveu et vint entourer Roger de son bras.

« Je trouve que Roger s'est admirablement comporté avec ce vieux chameau, dit-il à sa femme. Pour commencer, il a été très courtois. C'est elle qui s'est montrée grossière, si tu veux mon avis. Et même s'il n'avait pas été poli, elle ne l'aurait pas volé ! » acheva-t-il en gloussant.

Mme Patman regardait fixement son époux, le visage livide.

« Voyons, Marie, reprit M. Patman avec douceur, n'oublie pas que nous donnons cette soirée pour accueillir Roger dans notre famille. Et nous ne devons pas oublier non plus qu'il faut plus d'une simple réception pour accepter un nouveau neveu. »

Mme Patman baissa le nez en rougissant.

« De plus, reprit M. Patman, là où Roger est le bienvenu, ses amis le sont aussi. »

Roger regarda son oncle, sa tante, puis sourit.

« Je voudrais vous dire quelque chose, leur déclara-t-il. J'admets qu'il m'a été très difficile de m'installer parmi vous. Je devais m'habituer à tant de choses nouvelles que ça m'a paralysé. J'étais même si mal à l'aise avec vous que je n'arrivais plus à être moi-même. Mais j'espère que ça va changer, maintenant. Ce que je tiens surtout à vous dire, c'est que je suis très heureux de faire partie de votre famille.

— Eh bien, merci, Roger, dit Mme Patman avec une certaine raideur. Bon, je crois que nous ferions mieux de revenir à nos invités. »

Elle quitta le vestiaire et Roger et son oncle échangèrent un long regard.

« Accorde-lui un peu de temps, observa M. Patman en pressant l'épaule de Roger.

— Merci, oncle Henry, dit Roger avec reconnaissance. Je crois que nous avons tous besoin de temps.

— Tu sais, Roger, reprit gravement M. Patman alors qu'ils sortaient du vestiaire, je suis très fier de la façon dont tu t'es comporté. Il n'est pas facile de changer de vie du soir au lendemain. C'est vrai, tu es un Patman, désormais. Mais plus important encore, tu es Roger. Puisque tu as compris cela, tout va être plus facile pour nous tous.

— Merci, mon oncle, dit de nouveau Roger.

— Puis-je ajouter, poursuivit M. Patman, qu'à mon avis, Olivia est une fille merveilleuse ? »

Le visage de Roger s'illumina.

« A mon avis aussi, approuva-t-il avec élan.

— Alors, qu'attends-tu pour aller lui dire que nous sommes très heureux qu'elle soit ici ce soir ? » répliqua M. Patman en souriant.

Roger éclata de rire, étreignit rapidement son oncle. C'était à son avis le meilleur conseil qu'on lui eût donné depuis longtemps.

« Je reviens tout de suite, dit Lila d'une voix douce à Drake Howard. Je voudrais me recoiffer un peu. On s'est drôlement remués pendant la dernière danse !

— Tu es très bien comme ça », assura Drake.

Mais Lila s'éloignait déjà, sa pochette de soirée à la main. Le salon des dames était presque aussi bondé que la salle de bal. Lila trouva un coin de miroir libre, rajusta les bretelles de sa robe à bouillons bleus, rectifia sa coiffure.

« Lila ! » lança une voix familière.

C'était Clara Walker, hélant son amie depuis le sofa où elle s'était assise, dans l'angle de la pièce.

« Viens voir ! » insista Clara.

Elle était entourée de plusieurs de ses copines du club féminin et toutes semblaient vivement captivées par quelque chose que Lila ne pouvait voir.

« Qu'est-ce que c'est ? » demanda cette dernière avec curiosité.

Et elle se pencha par-dessus l'épaule de Clara. Elle

147

reçut un coup au cœur. Regina Morrow souriait en couverture d'*Ingenue* et, ainsi que l'avait assuré Lane et que Lila était forcée de l'admettre, elle était d'une beauté éblouissante.

« Inouï, non ? demanda Clara.

— Pff ! fit Lila avec dédain.

— Je la trouve sublime, dit Caroline Pearce. Et tu sais, Lila, il y a aussi un article de quatre pages sur elle, à l'intérieur !

— C'est vrai, renchérit Clara. En fait, elle n'avait pas de liaison du tout. Le type que tu as vu avec elle, c'était Lane Townsend !

— Et c'est *sa femme* qui a repéré Regina », souligna Enid Rollins.

La porte du salon s'ouvrit alors et Regina fit son entrée. Une nuée de filles se pressa aussitôt autour d'elle.

« Ma parole, on croirait qu'elle vient d'avoir un Oscar ! » marmonna Lila en regardant le spectacle. « *Elles sont capables de lui demander un autographe* », songea-t-elle avec amertume.

Clara sourit avec bienveillance à Lila.

« Ne te vexe pas comme ça, lui dit-elle en contemplant de nouveau la couverture du magazine. Tu n'es pas la seule à être un peu jalouse, va !

— Je ne suis *pas* jalouse ! » protesta vivement Lila.

Elle fit volte-face et toisa Caroline Pearce qui avait avidement suivi la conversation.

« Caroline, dit-elle en ouvrant son sac pour se donner contenance, je croyais que tu devais venir avec ton super correspondant... comment s'appelle-t-il déjà ?

— Adam, tu veux dire, lâcha Caroline avec nervosité.

— C'est ça. Elle t'a parlé de lui ? demanda Lila à Clara, trop heureuse de pouvoir détourner la conversation sur une autre qu'elle.

— Non, dit Clara sans manifester grand intérêt. Qui est-ce ?

— Comment, qui est-ce ? s'écria Lila. Dis-le-lui, Caroline.

— Il est merveilleux, déclara aussitôt Caroline en regardant ses deux camarades. Il habite à Cold Springs. C'est pour ça qu'il n'a pas pu venir. Il ne pouvait pas se libérer ce week-end. »

Clara parut moins indifférente.

« Elle parle sérieusement, Lila ? s'enquit-elle.

— Évidemment ! protesta chaudement Caroline. J'ai même reçu une lettre de lui ce matin. »

Lila éclata de rire.

« Encore une de ses fameuses lettres. »

Du coin de l'œil, elle nota que Regina repartait vers la salle de bal. « *Bon débarras* », songea-t-elle.

« Je peux la voir ? » demanda Clara.

Il était clair qu'elle n'était pas plus disposée que Jessica et Lila ne l'avaient été à croire que Caroline avait un copain. Ce n'était pas que Caroline ne fût pas séduisante. Mais elle avait une personnalité si déplaisante que peu de gens éprouvaient de la sympathie pour elle.

« La voilà, annonça Caroline en sortant une enveloppe ouverte de son sac.

— Elle ne blague pas », dit Clara avec stupéfaction.

Et elle prit la lettre des mains de sa camarade. « Ma très chère Caroline », commença-t-elle, éveillant ainsi l'attention du groupe. Plusieurs filles se rapprochèrent pour écouter. « Je voudrais tant être près de toi au bal, ce soir. Mais, Caroline, tout ira bien si tu n'oublies pas que je t'aime. Tu m'as demandé l'autre jour à quel point je tiens à toi. Caroline, il est très difficile de mesurer ce que je ressens. Je peux te dire ceci : par-delà l'éloignement, je t'aime de toute la profondeur de mon âme. Et si tu acceptes d'être mienne, rien ne pourra plus nous séparer, jamais. Je t'aimerai plus encore après notre mort. »

« La vache, fit Clara en laissant retomber le bras qui tenait la lettre. Il est plutôt morbide. Pourquoi est-ce qu'il t'aimera davantage quand vous serez morts ?

— Quelle idiote ! C'est une manière de parler, dit Lila en s'emparant du feuillet qu'elle parcourut rapidement. Ah, on peut dire qu'il est poétique ! "Par-delà l'éloignement..." Excellente description de la situation, railla-t-elle. Et qu'est-ce que c'est que tout ce fatras sur "rien ne pourra plus nous séparer" ? Quelque chose vous a empêchés de vous voir, ce soir ? »

Caroline rougit violemment.

« Il veut parler de nos *âmes*, leur dit-elle en reprenant sa lettre et en la fourrant dans son sac.

— Alors, quand est-ce qu'on le rencontre, ton copain ? demanda Lila. Il ne va quand même pas rester toute sa vie à Cold Springs.

— Oui, c'est ça, fais-le venir, Caroline, renchérit Clara en riant. Il pourra m'aider pour ma dissert d'anglais !

— Il va venir, justement, si vous voulez savoir », déclara Caroline, sur la défensive.

Clara et Lila échangèrent un coup d'œil.

« Quand ça ? s'écrièrent-elles en chœur.

— Je ne sais pas encore, répondit Caroline. Peut-être le week-end prochain. S'il a la voiture.

— Peut-être que son âme peut flotter de Cold Springs jusqu'ici », s'esclaffa Clara.

Elle ouvrit la porte et regagna avec Lila la salle de bal, pendant que Caroline se rapprochait à pas lents d'un miroir. Elle soupira en pensant aux rires moqueurs de Clara et de Lila. Elizabeth, qui venait d'entrer dans le salon, s'arrêta pile en voyant l'étrange expression du visage de sa camarade.

« Caroline, ça va ? » demanda-t-elle.

Cette dernière hocha la tête.

« Je vais très bien, Elizabeth », assura-t-elle faiblement.

Mais en réalité, Caroline ne se sentait pas bien du tout. « *La soirée va être bien longue,* songeait-elle. *Et quelque chose me dit que le week-end prochain ne sera pas facile non plus.* »

Ç'EST CE QUE VOUS
DÉCOUVRIREZ EN LISANT

JUSQU'OÙ IRAS-TU ?

Prochain roman à paraître
dans la collection

 **Sun Valley**

Enfin des livres
qui vous font entrer dans la vie :

*Etes-vous tendre, affectueuse, sincère, désintéressée
comme Elizabeth?*
*Connaissez-vous une fille coquette, intrigante,
menteuse, arriviste comme Jessica?*
*Les sœurs jumelles de SUN VALLEY vous invitent à
partager leurs secrets.*

400 SŒURS RIVALES   Francine PASCAL

« Allô, c'est Jess ou Liz?
– Jessica, bien sûr. Qui est à l'appareil?
– Salut, Jess, c'est Todd. Elizabeth est-elle là? »
Les sourcils de Jessica se froncèrent.
C'était à *sa sœur* que le plus beau garçon du lycée
voulait parler. Cette idée lui fut insupportable.
« Non. Liz n'est pas encore rentrée.
– Ah?... »
Elle remarqua avec plaisir de la déception dans la
voix de Todd.
« Bon, merci. Je rappellerai. »
Liz sortait à ce moment de la salle de bains et
demanda :
« Qu'est-ce que c'était, Jessica?
– Oh, rien, un faux numéro!... »

401 LA PREUVE CACHÉE   Francine PASCAL

« Enid! s'exclama Jessica d'un ton méprisant. Je me
demande ce que ma propre sœur peut trouver à cette
godiche.
« Voyons, Jess. Enid est une jeune fille très
sympathique. Liz et elle ont beaucoup de points
communs.
– Mais maman, elles sont là toute la journée à
comploter!
– J'ai l'impression que tu es un peu jalouse. Elles se
préparent pour le bal d'Automne, voilà tout.
– Ne t'inquiète pas, d'une façon ou d'une autre je
saurai bien ce qu'elles manigancent!... »

402 NE M'APPROCHE PAS   Francine PASCAL

« Liz, viens voir ! J'ai acheté une robe fantastique au
Boston Shop.

– Quoi ? Tu es entrée là-dedans ? Tu avais juré de ne
jamais mettre les pieds dans ce magasin de snobs.

– Oh, c'était « avant »... D'ailleurs Bruce trouve que
c'est vraiment très mode.

– Justement, Jessica. Je voulais t'en parler.

– Ah oui ?

– Tu ne t'étonnes pas qu'un garçon, qui, pendant
six mois te fuyait comme la peste, te tombe
maintenant dans les bras, sans raison ?

– Sans raison ! Tu parles ! J'ai l'impression que c'est
TOI qui lui faisais peur ! »

403 TU LE PAIERAS   Francine PASCAL

« Quoi ? Tu veux faire entrer Marian Wilson au club
du lycée ? Tu ne vois pas la touche qu'elle a à côté de
Lila, Karen et des autres ? Un vrai boudin ! On va se
moquer de nous ! Non, vraiment, Liz, tu rêves ! »
Elizabeth poussa un soupir.

« Je t'en prie, Jessica, arrête. J'ai promis. Et puis, je
te rappelle que Marian est ton amie, et pas la
mienne !

– Mon amie ! Ce n'est pas ma faute si elle est un peu
collante !

– De toute façon, Jessica, il n'y a pas à revenir là-
dessus. Je... »
Elizabeth n'eut pas le temps de finir : la porte claqua
derrière cette menace :

« C'est ce qu'on verra ! »

404 UNE NUIT D'ATTENTE   Francine PASCAL

« J'y vais », lança Elizabeth à sa mère tout en courant
décrocher le téléphone. C'était Jessica.

« Mais où es-tu ? Je t'ai attendue toute la nuit.
Est-ce que tu te rends compte...

– Liz, je t'en prie, c'est une longue histoire. Je te
raconterai plus tard. »
Elle semblait au bord des larmes.

« Tu ne peux pas savoir ce que j'ai enduré. Je... je ne
supporterais pas que les parents l'apprennent. »
Dans quel pétrin Jessica s'était-elle encore fourrée...
et comment sa sœur allait-elle cacher son absence ?...

405 NE JOUE PAS À ÇA Francine PASCAL

« Liz ! Pense à tes parents.
– Eh bien quoi, mes parents… ?
– Je leur ai donné ma parole de ne jamais t'emmener à moto.
– Écoute, Todd, ce n'est pas toi qui m'emmènes, c'est moi qui insiste pour essayer au moins une fois. Je veux savoir l'effet que ça fait…
– Et Jessica ! Elle devait venir te chercher, non ?
– Elle ne viendra plus, tu la connais… Allez, Todd, accepte… C'est très important pour moi !
À contrecœur, Todd la laissa grimper sur le siège arrière de sa moto. Au moment de démarrer, pourtant, un curieux pressentiment l'envahit…

406 L'INTRIGANTE Francine PASCAL

« Dis donc, Jess, quelle mouche a piqué ta sœur, ce soir ?
– Qu'est-ce que tu veux dire, Clara ? »
Jessica releva la tête au-dessus des piles de sandwiches qu'elle disposait avec soin.
« Je ne sais pas, mais j'ai l'impression qu'elle drague tous les garçons !
– Elle a bien le droit de s'amuser !
– Bien sûr Jess, mais depuis son accident, Liz, ta petite sœur modèle, se conduit comme une intrigante. »

407 C'EST PLUS FORT QUE TOI Francine PASCAL

« Tu sais, Liz, Todd est content de retrouver Patsy, c'est tout. Ils sortaient ensemble avant qu'elle parte pour l'Europe, il y a deux ans.
– Alors ils n'ont pas rompu ? Tu peux me dire la vérité, Olivia.
– Ben… non, je ne crois pas. Mais ça ne signifie rien, Liz, tout ça c'est du passé ! »
Élizabeth ne savait plus que penser. La jalousie lui paraissait ridicule, pourtant elle ne pouvait s'empêcher de haïr de plus en plus cette Patsy. C'était plus fort qu'elle…

408 TU NE CHANGERAS JAMAIS

Francine PASCAL

« Alors, Jess, le boulot, toujours aussi intéressant ? demanda Elizabeth.

- Ouais, bof, j'ai passé ma soirée au bureau à classer des papiers, tu sais ce que c'est !

- Et comment s'appelle-t-il ? continua sa sœur d'un ton neutre.

- Je ne vois pas de quoi tu parles.

- Inutile de me raconter des bobards, Jess. Je sais tout.

- Alors comme ça, tu m'espionnes ! » cria Jessica.

Liz connaissait trop bien sa jumelle pour comprendre que ce « travail » n'était qu'un prétexte... Décidément Jessica ne changerait jamais...

409 NE LA CROYEZ PAS

Francine PASCAL

« Quel culot ! Devine qui s'est inscrite pour le concours des majorettes ? » Jessica fixait la feuille de papier, les yeux brillants d'indignation.

« Qui ? s'impatienta Liz.

- Anny Whitman ! Je n'aurais jamais cru que cette fille serait assez gonflée pour...

- Tu te trompes, Jess, elle a beaucoup changé.

- C'est hors de question ! Anny Whitman qui sort avec tous les garçons du lycée !

- Elle travaille dur maintenant et une place dans votre troupe l'encouragerait à continuer.

- Tu parles ! C'est ce qu'elle veut faire croire... »

410 C'ÉTAIT TROP BEAU

Francine PASCAL

« Quinze jours à New York ! Oh, je n'arrive toujours pas à y croire ! s'écria Jessica. Liz, c'est trop beau pour être vrai !

- Tu ferais mieux de te presser, avertit Elizabeth, l'embarquement va être annoncé d'une minute à l'autre.

– En plus, il paraît qu'il y a des tas de garçons super à New York !

– A ta place, Jess, je me méfierais des princes charmants... »

Mais Jessica n'écoutait plus. Et déjà les lumières de Manhattan s'allumaient pour elle...

411 NE LUI DIS RIEN   Francine PASCAL

Elizabeth prit la main de son frère :
« Crois-moi, Steve, Patricia a toujours été sincère. Elle a peut-être des problèmes.

– Oh Liz ! Le malheureux a le cœur brisé et c'est tout ce que tu trouves à dire ! » s'exclame Jessica.

L'air inquiet, Steve se renversa sur son lit.

« Il se passe quelque chose, mais Pat ne veut rien me dire. Et en plus elle croit que c'est moi qui ne l'aime plus. Je donnerais tout pour savoir... »

Liz devait-elle rompre son serment et révéler le terrible secret que Patricia lui avait confié ?

412 QUEL ÉGOÏSME   Francine PASCAL

Bientôt huit heures ! Jessica trépignait dans le salon.

« C'est toujours pareil ! Nous sommes invitées à la soirée la plus chic de Sun Valley et Liz est en retard ! Tant pis pour elle, j'y vais ! »

Jessica enfila son manteau. Mais au moment de sortir, un sentiment de culpabilité l'envahit. Elle avait l'impression que Liz était en danger et qu'elle l'appelait...

Elle hésita un instant et ouvrit la porte : une fois de plus, elle cédait à son égoïsme.

« Elizabeth! Nicholas! Qu'est-ce que vous faites là? »
En un éclair, Elizabeth décida de tenter le tout pour le
tout. Elle imita l'irrésistible « sourire Jessica ».
« Tu rigoles, Todd! Ne me dis pas que tu ne fais pas
encore la différence entre Liz et moi! »
Bouche bée, Todd la dévisageait avec des yeux ronds.
« C'est Elizabeth, c'est forcément elle! » pensa-t-il…
A quoi jouait Elizabeth? Pourquoi avait-elle accepté
de sortir avec Nicholas alors qu'elle aimait sincèrement
Todd?

 **Sun Valley**

IMPRIMÉ EN FRANCE PAR BRODARD ET TAUPIN
Usine de La Flèche, 72200.
Loi n° 49-956 du 16 juillet 1949 sur les publications destinées à la jeunesse.
Dépôt : mai 1987.